节气之美·民俗：箫鼓追随春社近

红素清　著

内蒙古人民出版社

图书在版编目（CIP）数据

节气之美．民俗：箫鼓追随春社近/红素清著．——
呼和浩特：内蒙古人民出版社，2021.10

ISBN 978 - 7 - 204 - 16404 - 2

Ⅰ．①节… Ⅱ．①红… Ⅲ．①散文集—中国—当代
Ⅳ．①I267

中国版本图书馆 CIP 数据核字（2020）第 170236 号

节气之美·民俗：箫鼓追随春社近

作　　者	红素清	
责任编辑	王继雄	
责任监印	王丽燕	
封面设计	侯　泰	
出版发行	内蒙古人民出版社	
地　　址	呼和浩特市新城区中山东路 8 号波士名人国际 B 座 5 层	
网　　址	http：//www.impph.cn	
印　　刷	内蒙古恩科赛美好印刷有限公司	
开　　本	710×1000　1/16	
印　　张	14	
字　　数	206 千字	
版　　次	2021 年 12 月第 1 版	
印　　次	2022 年 1 月第 1 次印刷	
印　　数	1 - 2000 册	
标准书号	ISBN 978 - 7 - 204 - 16404 - 2	
定　　价	35.00 元	

如出现印装质量问题，请与我社联系。

联系电话：（0471）3946120　3946173

序 言

喜欢上民俗已经是很多年前的事情了，我与它的缘分还要从《红楼梦》说起。

爱上一本书的感觉和爱上一个人同样奇妙，总是打内心里渴盼能多一些机会和它安安静静独处，哪怕没有一句言语的交流。

闲暇时，我总是喜欢捧着那本金色书脊的《红楼梦》，就着一杯白开水，品那人生百态。不知何时起，我的视线从那一个个活灵活现的人物身上扩散开来，我想象了许多景象：端午节的"斗百草"、芒种的"送花神"……

偶尔，我甚至会专门打开书去寻找它们的足迹，想着有朝一日它们会被汇集在一起，在我们的生活中重现。

我没有想到自己会那样幸运，作为一个作家，能有机会去触碰自己喜欢的民俗，而且不止一次，《不可不知的中华节日常识》上市一年有余，当主编江晓英姐姐告诉我去试写这本《箫鼓追随春社近》的时候，我倍感欣喜。

最初接到选题，我心里有一丝惧怕，我不知道在物欲横流的今天，有多少人还会记得那古老的民俗文化，有多少人会视那些普通的节气日为特殊，又有多少人会在那一天存放着一个自己念念不忘的故事……

带着忐忑与惶恐，我开始边走边搜集资料，却没有想到会收获一个又一个的惊喜。关于节气，记得节气的人不少，关于节气的故事也不少，当人们像真心朋友一样耐心地和我分享时，我创作这本书便有了无限的力量。

本书的内容均和节气有关，它们有的是我亲眼所见、亲耳所闻，有的是别人的转述。我作为笔者，也尽自己所能地对那些东西进行了再创造，让它们可以完美无瑕地展现在读者眼前。

作为一个民俗爱好者，我并非专门的研究者，书中所涉及的一些民俗知识，特别是距离我们生活较远的那些，难免有不够准确的地方，若读者朋友可以慧眼辨识并指正，对我来说真是幸事一件。

也许在很多人眼中民俗是陌生无趣的，其实不然，它也可以非常有趣地展现出来，就如同《箫鼓追随春社近》这本书描写的一样。

有人说一个有趣的灵魂，在于对生活细微处用心用情。而这本书里面所记录的，从故事到民俗常识无不用心用情。时间总是过得飞快，大家总是急切地忙着为生活奔波，以至于很多时候忘记去享受生活，这真是一件糟糕至极的事情。在此，我希望这饱含真心与真情的文字能够带给你些许触动和感动，让繁忙中的你能够时常想起：在周而复始的枯燥生活中也有许多值得了解和纪念的日子，它们原来是那样有趣，那样精彩，值得你停下脚步去品味和享受，而享受生命真的是一件无比幸福的事情。

《箫鼓追随春社近》也是一本溢满情味的书，我带着畏惧而去，载着幸福而归。这一路走来，醉人的风景无数，美好的风情无数，它们全都被我采撷，然后一并装进了这本书中。在这个传统民俗或许已被许多人遗忘的今天，追忆特殊日子里的旧事，是一件无法用语言来形容的美妙之事！

所以，来吧，我在这里等着你，等你与我一起走进那烟火与诗意的人间。

红素清

二〇一八年十月二十八日

目 录

第一辑

春：春风习习，千里莺啼邂逅你

在这曼妙的光阴里，我在这里等着你，
不知你在等着谁，
谁又在等着你，
你们是否也清新如春？

立春：春江水暖万物醒

曼妙的光阴里，我在等你

在这曼妙的光阴里，

不知你在等着谁，

谁又在等着你，

你们是否也清新如春？

那一年，我到江北已是冬末。

那一天，我和他相遇时恰逢立春。

春虽翩翩而至，江北的天气却未暖到心底，偶有春风来光顾，仍使人瑟

瑟发抖，然，他是例外。

看到他时，他面前挤了很多人，我踮起脚尖才勉强看到被簇拥着的桌子上，一朵朵莹白的花正开得美艳。靠近一些，才发现那开得正艳的不是花，而是萝卜。

他的旁边放着一桶水，水中浸着萝卜，他将手伸进水中去拿萝卜，不少人唏嘘，问他冷不冷。他不语，只专心摆弄着手中的萝卜，刀子盈盈舞动几下，萝卜便开出了花，一朵一朵，假似真，极美。

有人问他这花卖不卖，他轻笑摇头，拿起一朵咬了一口说："咬得草根断，则百事可做。"

这是立春的咬春习俗，因萝卜味辣，所以取"咬得草根断，则百事可做"之意。我讶然，在这习俗的角落中居然还有人记得这遥远的咬春，而且他看起来正值青春好年华，顿时让人好感倍增。

风突然大了，人渐渐散去，我留了下来，我说："现如今还能在立春之日记得咬春习俗的人已经很少了。"他递给我一朵花，我咬了一口，说现在的萝卜越来越甜了。

他说他能迈入我口中"少数人"之列，只因为一个姑娘。

他和那个姑娘的故事从一根萝卜开始。

他自小喜欢雕刻，尤其是蔬菜类，所以只要时间、空间等外在条件允许，他的手边总有不少蔬菜。

那天上完自习课，他正在认真雕一个茄子，一声清脆的"同学，你有萝卜吗？"将他的视线从手中的茄子移开。

眼前的姑娘如同她的声音一样，眸子清澈如泉水，气质清纯，干净得如同雨后山间的云雾，一下子便将他吸引住了。

她又问了一遍，他才答话，赶忙从袋子里拿出一根萝卜，他想再多找几根，可是偏偏只有一根，姑娘道谢离去，他呆呆怔了许久。

第二天，他特意挑了几根色香俱全的萝卜买来，小心翼翼地装进袋子，想着再看到她时，全数送她。

他确实遇到了她，在昨天的自习室，她拿着一根萝卜来还他，他连连摆手，然后拿出特意挑的萝卜递给她。她愣住，他赶忙解释："你一定是嫦娥仙子身边的玉兔，这些萝卜送给玉兔吃。"

她一笑，那样子更美了，他有些后悔方才自己夸她是玉兔，而不是仙子，他在心里想着一定要多学习一些夸女孩子的话。

她开口，说她不是兔子，也不爱吃萝卜，她不过是一个学民俗且热爱民俗的女子。昨日立春，她忙得忘了咬春，下了自习才突然想起，因曾听说隔壁班有个爱用蔬菜雕花的同学，于是便想着到那里借个萝卜咬春，顺便看一下他用蔬菜雕出的花是什么样子，有没有酒店盘子里放着的好看。

他只懂雕花，不懂民俗，更不知道什么是咬春，一时间，不知道该说些什么。不过还好他那里有一些茄子雕的花，随即拿起来给她瞧。

她说她昨天已经看到了，昨天她在那里看他雕了很久，只是他太专注，

直到她问话时，才发现她的到来。

他又不知所措起来，只是轻轻点头。她好像看出他有些囧，所以夸他雕的花非常好看，还问他能不能雕一个萝卜花送给她。

他开心极了，一刀比一刀谨慎，好似手中握着的不是萝卜而是宝玉，生怕一不小心，它会被自己的刀子碰掉，然后破碎一地。他雕了那么多年的蔬菜，从未如此紧张过，不过他倒不认为这种紧张是什么坏事，甚至打心眼儿里还希望这紧张可以一直延续下去。

花雕好了，女孩道谢离开，只留下他在那里怔怔发呆。

一向除了雕花对什么都不大感兴趣的他，特意查了立春咬春这个习俗，甚至跑到图书馆里借了相关书籍来细看。从此，他知道了立春的咬春，北方多咬萝卜，南方多吃春卷；他还知道立春除了咬春，还有迎春、贴"春"字、打春牛等习俗，不过印在他心底最深处的便是北方的咬春了。之后，每逢立春，他都会咬萝卜并将萝卜雕成各种各样的花。

我问他既然知道了那个姑娘是学民俗的，为什么不去打听她的名字，将这个故事继续。他摇头说他从一开始就没有打算继续，她是那样清丽脱俗，他们的遇见是自然的邂逅，他想他们之间的重逢应当是——"是你，那个喜欢用蔬菜雕刻的同学"，或者是——"是你，那个热爱民俗的女孩"，邂逅那样美好，他不想让重逢沾染一丁点儿刻意。

我羡慕他，有那样一个美好的女子可以等待。他说或许他等待的并不是那女子，而是一份不期而遇的清新和自然，如同春天。

他这番话说得曼妙，竟连带这周围的一切也变得曼妙起来，想来这世间每个人的心里都有一份等待，只是不知在这曼妙的光阴里，你在等着谁，谁又在等着你，你们是否也清新如春？

迎春不知道

迎春，它一定不知道，

不知道它生在东郊，

不知道它与迎春习俗同名，

不知道它成就了一份至美姻缘，

那姻缘温暖如春，美丽如花。

等东郊的迎春花开了，我就来接你。

这是我听过的最美的情话。

不过，我来这东郊本不是为了听情话，我是听说东郊的迎春花很有灵性，立春到了，它就开了。只是我忽略了世间万事都具有相对性，有灵的事物便会有失灵，就如今年东郊的迎春花，它失灵了，连花骨朵儿都不知道藏在哪里，让前来一睹它芳"灵"的人们纷纷带着遗憾离去。

之所以注意到她，是因为她与众不同，她笑意盈盈，丝毫没有偶然事物带来违和心意时该有的失落感，这不合常理。

我看了看四周枯黄的叶草，忍不住问她除了那被赋予灵性的迎春花，这里还有什么可以使人会心一笑。

她说这里的迎春花早就开了，只是人们都不曾用心去看。

我听后，越发疑惑，问她："何解？"

她说早在上千年前的今天，就有天子亲率三公九卿、诸侯大夫来这东郊祭拜东方之神，即句芒神，以祈求丰收。虽说后来这种迎春活动全民盛行，地点已经不拘泥东郊，可是东郊之地作为迎春之鼻祖，谁敢说这朵花早已凋零，迎春和它再无干系？

我被她的解答所震惊，想着她一定是新世纪学富五车的才女，我说我心里最钦佩的女子就是如她那般，心里、眼里满满的都是文化的气息。

她说她是伪才女，所以才会碰到伪君子。

她和伪君子相识于大学校园，那时她无比单纯，只觉得他意气风发、满腹斗志，和那些无所事事的人不一样。毕业时，他说他想去闯一番事业，她全力支持，从精神到物质。

五年过去了，他依然一无所有，她劝他回来。她说只要两个人在一起，平淡的日子也会有滋有味。他求她再给他一次机会，于是她把自己的积蓄给了他，告诉他如果累了，就回来找她，她会一直等着他。

他离开那天，他们一起去了东郊，他指着那刚刚开败的迎春花说，等这东郊的迎春花开了，他就来接她。

于是，她就经常来这东郊，迎春花开了又败，败了又开，她没有等到他回来接她，只等到了他说分手的电话，他说他爱上了别的女子，那女子温暖如春，比她适合他。

她不相信那是真的，她告诉自己那不过是一场梦，她相信只要等到东郊的迎春花再盛开，他就会来接她。

她像发了疯似的，天天往东郊跑，即便是大雪纷飞的冬季，她也站在迎春花面前祈祷它们快些盛开。

她这一祈祷就到了立春，恰巧那年的立春，这迎春花也"失灵"了，她号啕大哭，狠狠地抓着那些迎春花枝拼命摇晃，仿佛这一摇，花儿便会开了似的。

许是她太疯狂，连老天都看不下去了，才会派真才子来挽救她。他温润如玉，将他的大手轻轻包住她的，告诉她其实这里的迎春花早就开了，只是她不知道。

她的心情差到了极点，只想用力拨开他的手，只是她用一分力，他就加一分力，怎么也甩不开。他说那枯枝太硬，让她不要那么用力。他还说他没有骗她，迎春花真的早就开了。

他给她讲了东郊迎春的习俗，从周代开始说起，地点由东郊延伸到宫廷内、府衙门前等，内容由祭祀到贺节、拜春……他侃侃而谈，她被他深深吸引了。

她说怪不得人们都说这里的迎春花是有灵性的，原来早在上千年前，它就与迎春结下了深远的情缘。

她的手再次捋住迎春花枝，默默注视着，眼里满是羡慕，她对它说："你真有福气，不仅有个好名字，还长了个好地方，连上千年前的光都能沾上。"

他被她的话逗笑了，她有些不乐意，说："没想到你这谦谦公子也会笑话一个女孩子。"

他说他笑只是觉得她说话很有意思，迎春花自古以来就叫迎春花，至于眼前这片，自它出生，家就安在了这里，和那千年前的迎春习俗怎么也扯不上干系。真要说沾光，他倒觉得是东郊沾了这片花的光，因为现在知道东郊迎春的人不多，可知道东郊迎春花的人却不少。

她唤他一声大才子，让他别欺负她没文化，她还是觉得这片迎春花的灵性就是千年前的风俗给的，不然它的花不会多数开在立春，它也不会因此而扬名。

他说有些事是说不清楚的，就像千年的迎春习俗和这东郊的迎春花，说不清它们究竟是谁成就了谁。它们彼此成就、不分你我，这样的关系好似一对美好的恋人。

　　说到恋人，她又想起了那个抛弃了她的他——彼此成就、不分你我——细细想来，这些年她对他不分你我，用心成就，至于他对她，她好像一无所获，这确实不是好的爱情。

　　我问她是不是和大才子走到一起了，她满脸洋溢着幸福，说她过了很长一段时间才从伪君子的抛弃中走出来。他在她彻底忘却伪君子的时候，才向她表白的，他说其实他已经关注她很久了。

　　看她笑得那样甜蜜，我打趣，让她谈谈幸福是什么感受。她想了好一阵，回答得颇为认真：幸福只可意会，不可言传。也许在别人眼里它就像这迎春花，很漂亮，不过在自己看来，它更像春天，让人感到温暖。

　　我看了看还是枯枝的迎春花，想来它一定不知道，不知道它生在东郊，不知道它与迎春习俗同名，不知道它成就了一份至美姻缘，那姻缘温暖如春，美丽如花。

雨水：天街别院润如酥

笑看花蕾呈百态

我喜欢她，

喜欢她的他，

也喜欢他的"笑看花蕾呈百态"，

改变本就是一件很难的事，刻意的改变更是难上加难。所以爱情的词典里根本没有"改变"这两个字，它是相爱的人彼此相容的结晶。

如果你渴求一滴水，

我愿意倾尽一片海。

如果你想要一片红叶，

我愿意给你整个枫林和漫天云彩。

　　我在优美的旋律中听过这样的歌词，却没有想到会在幽静的深山里遇到这样的人。

　　不知为何，我突然想去看山，不是热闹非凡、游人不断的五岳，而是很深很深、很静很静的那种山，睁开眼看到的是清新的云雾，扯开嗓听到的是自己的回音。

　　于是，在朋友的推荐下，我来到了地大物博的中原，走进了那不知名的深山。深山确实很空，也确实很静，只是并非想象中的空无一人。驻足停歇，偶尔也会看到有人经过，有像我一样轻装简行，一身轻松的，也有拿着镰刀锄头去劳作的。

　　吸引到我的是一位女子，她个子高挑、皮肤白皙，气质颇佳，只是手中那两把缠着红带的小藤椅显得较为另类，与她的装扮气质相差甚远。不过更让我好奇的是她来这深山为何带着两把藤椅。

　　我问她，难道这深山里还有人家？她说以前有，现在没有了。我仔细端详着她手中的藤椅，她好似看出了我的疑惑，问我知不知道"接寿"。

　　接寿是雨水节气的一种风俗，我知道它是因为外婆。记得有一年去外婆家恰逢雨水前夕，外婆就给我讲起了接寿，她说所谓接寿，就是在雨水这一天，女婿要去给岳父岳母送节，送节的礼品在各地不一。有蕴含谢意和敬意地用砂锅炖了猪脚、雪山大豆和海带，再用红纸、红绳封了口的"罐罐肉"；若是新婚女婿，岳父岳母还要回赠雨伞，既有让其遮风挡雨之意，也有顺利平安之意；也有眼前这女子手中拿着的缠着一丈二尺红带的藤椅，有长命百岁的寓意。

如今，外婆虽然已经走了很多年，可是这习俗却一直铭记在我的心里。不过这些年我从未真正地看到过接寿，所以才会在与它相遇的时候宛如陌路。

我点头说我所知道的接寿主角是男子，却不知这里女子也可以是主角。她轻笑，有些凄凉，说接寿的主角确是男子，只是家里的那个主角去了另一个世界，所以这个世界的接寿只能她来担当。

我为自己的鲁莽而道歉，她说生死离别本是世间常态，她已经历了不少，先是父母，再是公婆，又是他，可是他离去的这个坎着实有些难过。

我向来不知如何安慰别人，特别是这种无法挽回的悲痛事件，于是只好把话题转向一边："伯父伯母都已不在，你这藤椅是准备送往哪里？"

她说她父母离开后，他也和往常一般去给他们接寿，如今，他和他父母都不在了，她也总该去给他的父母接寿。

我想说一些让她开心的事情，却总是适得其反。我说："他对你一定好极了，才会使你这般惦念。"

她倒是不介意，对我讲起他们的故事。她说在遇到他之前，她也曾有过一段刻骨铭心的爱恋。对方和她很像，都是那种略带强势、有些自我的人，可糟糕的是，他们在行事风格和对待事物的态度上总是截然相反。

起初，他们觉得彼此争执很刺激，可是时间长了他们也有些厌烦。朋友

告诉他们要相互包容、相互理解、相互体谅，要学会为对方去改变自己。

他们也曾"约法三章"，决心为对方改变，可总是事与愿违……直到和平分手。

她下定决心孤独终老，可他出现了。

他主动追求她，她打心眼儿里也喜欢他的追求，她不想骗自己说不爱他，却也不想悲剧重演。于是她告诉他在一起可以，但不会为他改变自己。

他说她身上的一切就像那些含苞待放的花蕾，那花蕾有大有小、形态不一，而他不管眼前的花蕾是何种样子，都愿意笑看花蕾呈百态。

他没有口是心非，承诺给她的都做到了，她习惯晚睡，他会提前给她准备好热牛奶；她不喜欢煮饭，他特意学了几道拿手菜，换着做给她吃；她不喜欢和不熟悉的人在一起聚会，他带她参加的聚会没有一个人和她不熟识……总之，所有的事情，他都顺着她，他把她当作了花蕾，笑看她呈百态。

我说这就应了那句话：爱你的人不会试图改变你，因为他早已学会迁就你。

她又笑了，很幸福的样子，她说很奇怪，她不知道自己在什么时候早已被他改变：不再晚睡、喜欢做饭、不再自我……比以前可爱多了，而当她发现这些的时候，自己都被吓了一跳。

我说他是一个了不起的爱人。她说她不知道他是否了不起，但她知道是他让她懂得了爱情、婚姻、生活，让她看到了自己可爱、美好的样子。所以他永远活在她的世界里，他常做的事、常去的地方，她都会替他继续，一辈子。

她的泪水潜然而下，脸上依然洋溢着甜美的笑容，那样子美极了，就像沾了雨水的花瓣。

我喜欢她，喜欢她的他，也喜欢他的"笑看花蕾呈百态"，改变本就是一件很难的事，刻意的改变更是难上加难。所以爱情的词典里根本没有"改变"这两个字，它是相爱的人彼此相容的结晶。

随风潜入悄无声

风吹啊吹，吹啊吹，
吹散了你带来的香味，
它飘啊飘，飘啊飘，
飘进了我敞开的心扉。

听说江南那个地方，能够用"美"这个字来形容的事物可不少，人、景、食……

没有人不喜欢美，我也不例外。在一饱眼福，睹了美景之后，我已筋疲力尽，迫不及待地想去大吃一顿，我向店家打听这附近有什么好吃的。

店家说我真是太有福气了，离这儿不远有一家爆炒糯谷米花特别好吃，一年只开张一天，刚巧就是今天。我第一次听说有一年只开张一天的生意，想着怎么也要去看一看。

原以为江南的美景在阳光明媚的白日里欣赏最好，不承想晚上也别有一番风情，灯火下的小桥流水人家多了一分古香古色，看起来别有韵味。

我放慢脚步，肚子的咕咕响也被暂时抛却脑后了，直到伴随着一股香味的风吹来。我从未闻到过那样的香味，浓而不腻，有糖的甜、酒的醇、果的香……醇厚而持久，将我的人连同我的魂一块儿勾走了。

我终于明白方才店家说我有福气时，他脸上为何洋溢着激动了，这香味的源头正是他说的那家店。店面很小，"占稻色"三个字在上空一闪一闪，它的下面排着长长的队。

我缓缓向前走，想看看究竟是怎样的一个细腻的人可以让糯米散发出如此醉人的香味。出乎我的意料，那竟是一个壮汉。

借着灯光，我看到他五官端正，浓眉下面的目光幽静而深邃，正在认真地爆炒糯米，他看起来不慌不忙，每一步都极为认真，反反复复，丝毫没有被眼前长长的队伍所影响。

不知是醉在香味中，还是醉在了他翻炒糯米的过程中，反正我是醉了，竟然连人群散去也不知，直到他拿了一份爆炒糯米花到我面前，说："姑娘，这是你的。"

我愕然，显然还未从醉梦中醒来，他看我有些迟疑，随即问道："难不成你在这里等了这么久不是为了吃它？"

我这才醒来，赶忙接过他的爆炒糯米花，它的味如同它的香让人沉醉，我说：这么好吃的东西若是每天都能吃到该多好。

他说：若是每天都能吃到，你就不会觉得这么好吃了，人们总是这样，对习惯了的东西常常会忽视甚至还会觉得腻。

我并未多想，只连连点头，说这样也蛮好，大家都会感觉新鲜，只是"占稻色"这个名字起得蛮奇怪的，我隐约记得它好像是个什么习俗的名字。

他呵呵轻笑，说它就是雨水的习俗——恰好在今天。这个习俗在南方很普遍，主要是通过爆炒糯谷米花的多少来占卜稻谷的成色，多则稻谷丰，少则稻谷歉。

我问他店名直接用这习俗的名字，是不是也有这种占卜的意味儿。他怔了怔，方才开口，说用这个名字和习俗无关，和占卜也无关，有关的是他的妹妹。

他告诉我，小时候他妹妹特别喜欢吃妈妈做的爆炒糯谷米花，不过他妈妈因为做生意常年在外奔波，很少亲手做，除了雨水这一天。

妹妹因此吵着让他这个哥哥去做，他说男子汉大丈夫才不学那个呢，妹妹气得哭了鼻子，于是他给妹妹买了一份爆炒糯谷米花，但是妹妹不吃，说那没有妈妈做的香，她还是吵着让他学。

他哄妹妹说爆炒糯谷米花只能由女孩子来炒，男孩炒的一点儿都不好吃，妹妹相信了。后来，在他的鼓动下，每逢雨水，他妈妈的身边便多了妹妹。别看她人小，学起来却分外认真。

她将自己炒的糯谷米花拿给他尝，他虽然觉得难吃，却哄她说香极了，比外面卖的还香。她开心得不得了，说将来长大了也要开一个爆炒糯谷米花的店，还嚷着让他帮忙起名字，他随口说了"占稻色"，她说好听，以后她的店就用这个名字。

可是她没有等到以后，她的以后被一辆大卡车夺走了，那年她才十岁。他说不清当时自己心里是个什么滋味，整个人感觉空荡荡的，他不相信一个那么爱吵闹爱嚷嚷的小姑娘从此再也不会说话了，他再也看不到她，看不到她踮着脚尖在那里认真地学习爆炒糯谷米花，看不到她嗒嗒地在他面前跑，看不到她把不爱吃的菜夹到他的碗里……

后来，他也不大爱说话了，空闲的时候喜欢上了爆炒糯谷米花，他一遍一遍练习，改方子，只想让他炒的糯谷米花的香味更醇厚、香甜、持久，可以随风飘到她的身边。

我的眼眶湿润了，我说这糯谷米花这么香，她一定可以闻到的。

他擦了擦眼角，问我有没有妹妹。

我点头。

他说有妹妹的人都很幸福，让我一定好好待她，还有其他的亲人，不要因为时常见面而忽视这世间最真诚、最质朴、最美好的情和爱。

我手中的糯谷米花，它的香味正随风飘扬。我想他口中那世间最真诚、最质朴、最美好的情和爱应该就如同这糯谷米花的香味一般，本来是浓烈的，因随风飘远变得清淡而被很多人忽视，然而它本是最不该被忽视的。

惊蛰：草市明媚春光喜

轻雷隐隐惊了谁

想来，年少时的青葱岁月，不知多少人许下了十年之约？

十年后的快餐生活，不知多少人犹记当年之约？

这一声轻雷惊了我，不知还惊了谁？

　　一声轻雷，隐隐作响，惊了百虫，所以还是不要出去的好。小妹说再过两天就是惊蛰，什么蛇虫鼠蚁都该出来觅食了，劝我这个一向爱独自到僻静之地四处游玩的姐姐老老实实待在家里，免得被什么稀奇古怪的生物给吓到了。

　　我说这样的好天气，连蛇虫鼠蚁都忍不住出来看看，我才不会待在家里辜负好时光。

　　小妹祝我好运，借了她的吉言，我的运气果然不差。在云南某城的第一站便遇到了一道靓丽的风景线——四位衣着相同的姑娘在一片草地上玩得甚欢。

　　这欢乐不同于一般的欢乐，有趣得很，她们先是手拉手围成圈，单腿着地，边转边道"金嘴雀，银嘴雀，我今朝，来咒过，吃着我的谷子烂嘴壳"，然后又是每人单腿着地，边转边说一些类似方才的话。

　　虽然她们都不是小孩子，但是这些动作做起来毫无违和感，甚至让我也有想参与进去的冲动。不过，我遏制住了自己的冲动，只在一边静静地看着，待她们安静下来，才上前询问她们方才玩的是什么游戏。

　　她们说那是她们自创的可以排忧解难、鼓舞军心、激励斗志的游戏。听她们这样一说，我更加好奇，问她们可否讲得再详细些。

　　她们咯咯大笑，说这话说来可不短，一位口才相对较好的姑娘出来给我讲前因后果。

　　姑娘说这游戏还要从上大学那会儿说起，那时每逢惊蛰，她们宿舍就有一位姑娘在宿舍里念叨"金嘴雀，银嘴雀，我今朝，来咒过，欺负我的小人烂嘴壳"。起初她们都笑话姑娘，说被别人欺负就要欺负回去，在这里咒人家烂嘴壳真是太没出息了。

　　姑娘说凡事要看人，何必与小人浪费口舌，她不过是闲来无事改了家乡风俗里念的词，顺带发泄一下情绪而已。她说她们那里惊蛰有咒雀的习俗，那天，孩子们都会到各自家的田埂里走圈，边走边念咒语"金嘴雀，银嘴雀，我今朝，来咒过，吃着我的谷子烂嘴壳"，以防鸟雀来吃自己家的谷子。尽管大家都知道念咒语不会真的能阻止鸟雀来吃谷子，但是每年的那天依旧会去念，这早已成了习俗。

她们听那姑娘这样一说，一个个脑补画面，觉得蛮有趣的。后来也不知道是谁特地在网上搜了惊蛰的习俗，然后大家就纷纷去网上看。于是那段时间，宿舍里掀起了一股惊蛰习俗热潮。随后有人提议亲自感受习俗，得到了大家的一致同意。

她们最先感受的是祭白虎。传说中，白虎专在惊蛰这天出来觅食，若是谁不小心冒犯了它，便会在一年内被小人纠缠，百般不顺，大家祭拜它便是希望远离小人。

她说刚开始她们体验这些习俗仅仅是为了好玩，后来每次体验过后，她们居然会觉得心情莫名地好起来，她说她们从未想过质朴的习俗居然还有这么神奇的作用。

毕业的时候，她们依依不舍，最不舍的就是她们一起玩游戏的时刻，一想到从此天南地北，再也不会在一起玩游戏，她们的心情就格外低落。最后有一个姑娘提议，说不如来个十年之约。十年之后的某天大家无论身在何处，无论忙否都要聚在一起，重新感受习俗、重新玩游戏。

　　她们一致同意，经过商议，就把地点定在了将她们引入惊蛰习俗那个姑娘的家乡，时间就定在惊蛰，而今天恰好是她们的十年之约。

　　听完她的话，我忍不住为她们鼓掌，为了这十年之约，更为她们的履约，十年了，她们初心依旧，着实难得。

　　我说我小妹对我讲，一声轻雷，隐隐作响，惊了百虫，让我小心。而今年，在惊蛰的这天，我没有听到雷声，也没有遇到百虫，却依然被惊到了，对我来说，她们就是惊蛰的轻雷，不轻不响、不柔不刚，暖暖的，刚刚好。

　　想来，年少时的青葱岁月，不知多少人许下了十年之约？

　　十年后的快餐生活，不知多少人犹记当年之约？

　　这一声轻雷惊了我，不知还惊了谁？

满架蔷薇一院香

惊蛰里的炒豆熟了，

院子里的蔷薇花开了，

满院子的香味，谁也不知道哪里是蔷薇花的香，哪里是炒豆的香。

不过，不要紧，说到底，它们都是惊蛰的香。满架蔷薇一院香，只因惊蛰生暖阳。

从老北京的四合院出来，心里越发平静，渴望到更安静的地方去。我问行人这繁华的首都可还有一片安静之地，行人说首都安静的地方和繁华的地方一样多，问我想要怎样的安静，我说像古村落那样的。

早就听说老北京的人都很和善、热心，今日我倒是有所体会，一个素不相识的行人特意找来纸笔，将她给我推荐的路线一站一站画出来，还嘱咐我

那个地方离这里有些远，让我多带些水。

经过数个小时的地铁、公交互换，我来到了行人推荐的安静之地，这里没有让我失望，确是我心里想的那种，有良田阡陌，有小院错落，亲切又温暖。

我顺着田间小路漫无目的地缓缓行走，只觉得迎面吹来的和风里夹杂着一股淡淡的香味，说不清，道不明。我问在路边玩耍的小朋友有没有闻到，他们用鼻子狠狠吸了几下，纷纷摇头。他们告诉我有可能是对面院子里的蔷薇花开了，那家院子里有一架非常古老的蔷薇，花一开，香味会弥漫到整个村子里。

我顿时对孩子们口中那架神奇的蔷薇来了兴致，快步朝对面的院子里走去。那院子外确实有很浓的香味，但不是蔷薇花，我在院外闻了好久，也辨了好久，始终没能搞明白是什么发出的香味。

大门突然打开，见到主人，我有些尴尬，赶忙解释：听说这里有一架很古老的蔷薇花，香气可以笼罩整个村子，所以特地来看看。

主人极为热心，邀请我进到了院子里，院子里的蔷薇看起来的确古老，只是它的花并未盛开，我在它身边转了几转，虽有香味，但不是扑鼻的那种，很清淡，清淡到不易察觉。

我正打算离开，主人却给我讲起了这架老蔷薇的故事。她说这架蔷薇是她奶奶种的，比她还大一些，已四十年有余。奶奶已走多年，至今她对奶奶最深的印象除了奶奶时不时地站在蔷薇旁摆弄着它，就是惊蛰的炒豆。

她奶奶的娘家在陕西，那里有惊蛰吃炒豆的习惯，那个年代，日子不比现在，炒豆可以算得上奢侈品，一年一度也只有在惊蛰才能吃得上。后来日子渐好，奶奶依然将它当宝，每逢惊蛰，必亲自挑选黄豆在盐水中浸泡，然后放在热锅里噼里啪啦地煎炒，分给一家人吃。

她不忍奶奶年迈还亲自操劳，说现在这炒豆随时都可以买到，不用再自己费那么大劲炒了。奶奶耳聋，她说好大声都听不到，只是笑眯眯地将自己手里的炒豆又抓一些放到她手里，告诉她多吃一些，那是好东西。

可怜奶奶操劳一生，好容易熬到好日子来临却无福享受。奶奶那样疼她，她又怎舍得让奶奶就这样走了，她要把好日子带到奶奶身边。

每逢节气或节日，她都会把全国各地的节令食品放到奶奶面前，今天是惊蛰，也不例外，她亲手做了奶奶在世时这一日常做的炒豆，也烙了煎饼。

除此之外，她还给奶奶准备了梨，她告诉我梨是山西和江苏部分地区惊蛰时的吃食，惊蛰虽是乍暖还寒万物复苏的时节，但是天气却干燥得不得了，他们吃梨有缓解口干舌燥之效。生的、熟的、煮的、榨的……各种各样的梨，她都为奶奶准备了，希望奶奶在天堂也可以免去口干舌燥。

她带我来到供奉奶奶牌位的桌子前，桌子中间放着奶奶的画像，画像中

奶奶是笑着的，格外慈祥。画像前是她为奶奶准备的惊蛰吃食，我终于明白那香味来自何处。

临走时，我又看了一眼那古老的蔷薇，它的枝看起来已经有些干了，可是丝毫没有影响枝丫上蔷薇花的娇嫩，花骨朵儿看起来是那样有精神，我想再过两天这蔷薇花一定就开了，香味将溢满整个村子。

此时，我的脑子里浮现的是一位和蔼的老人，她站在灶旁，腰已经挺不直了，可她就那样弓着身子站在那里，手里拿着翻炒黄豆的铲子，锅里黄豆噼里啪啦作响，她听不到，可依然很认真地炒着，直到它的香味随着空气弥漫到远方……

惊蛰里的炒豆熟了，院子里的蔷薇花开了，满院子的香味，谁也不知道哪里是蔷薇花的香，哪里是炒豆的香。不过，不要紧，说到底，它们都是惊蛰的香。满架蔷薇一院香，只因惊蛰生暖阳。

春分：暖阳月夜各自分

纵目天涯，浅黛春山处处纱

纵目天涯，浅黛春山处处纱。

原来眼前这朦朦胧胧的一层纱无关时间，无关距离。

若想揭开它，须有一颗如春一般温暖、透亮的心。

竖蛋这个游戏我曾目睹很多，只是像眼前这样的"成功"，我是头一次看到。

被他竖起来的蛋一个挨着一个，而围成一周的四个，上面又被竖了一个，我惊得张大嘴巴。素来只知道东北的二人转是绝活，不想这竖蛋游戏中也有能人。

我问他是如何做到的，他笑道："'春分到，蛋儿俏'，今儿是个好日子，借了春分的光。"

"春分到，蛋儿俏"这话我听过，春分竖蛋的习俗我也知道，若追溯起来，至今已有数千年的历史。不过时至今日，这习俗游戏已深入人心，它成功与否着实和春分没有多大关系。

我看着他眼前的鸡蛋，个头儿大小不一，便打趣道："春分竖蛋，不是历来颇有讲究，要求鸡蛋光滑匀称且较为新鲜，这些鸡蛋看起来可不像是特意挑选过的。"

他呵呵一笑，说没想到我还是个内行，他告诉我这竖蛋游戏他之所以能玩得这么转，是因为一个姑娘。

上学那会儿他喜欢上了一个数学系的姑娘，姑娘属于学霸型，年年拿奖学金。他是学中文的，每次考试都有挂科。

他虽是学中文，却并不感性，心里清楚他与她不是一类人，所以从未想过要闯入她的视线、走进她的生活，只打算默默地关注着她。

宿舍的兄弟看不下去了，说他太怂，轮番鼓励他去表白，他们比他上心得多，又是策划偶遇，又是策划浪漫，一天一个方案，不过都被他否决了，他说如果不敢向喜欢的姑娘表白就是怂，那么他认怂。

造化弄人，许是老天也看不下去他的怂，竟然真的让他和她偶遇了。那是在学校的餐厅，她就站在他的身后，他第一次知道人的心居然可以跳动得那般快，他忘了打饭，她提醒了她，他向她道谢，她莞尔一笑。

她这一笑，他的心都醉了。从此，他再也不甘于默默地注视，他想靠近她，走进她的生活，天天看她对他笑。

曾经的方案派上了用场，他选了一种看起来适合她的，用他的话说就是低调、内敛，不过分张扬，不过分引人注目。

他到花店订了九十九朵红玫瑰，直奔她的教室，来到她的面前，问她能不能做他的女朋友。那会儿，整个班的学生都看向他，他一点也不觉得不好意思，只看向她，她好像被吓到了，指了指眼前的鸡蛋问他能不能帮她把鸡蛋给竖起来。

有献殷勤的机会，他自是高兴，只可惜他没有把握好机会，一连竖了几次，非但没有竖起来，反而把鸡蛋"竖"到了地上，蛋液溅到她鞋子上，腥味钻入她鼻孔中。

他一边道歉，一边收拾残局，不过好在他并未忘记此行的目的，临走时他又问了她一句愿不愿意做他的女朋友。她轻笑，有些诡异地说等他什么时候能把鸡蛋竖起来，什么时候再来向她要答案。

那会儿他并不知道春分有竖鸡蛋的习俗，纳闷儿她为什么会玩那么无聊的游戏，提如此古怪的要求。直到上网查阅竖蛋方法的时候他才知道春分竖蛋，而那一天恰好是春分。

他开始练习竖蛋，也不再觉得这游戏无聊，反而感到很有趣，可是奇怪的是，他各种方法都试过了，就是竖不起来。

眼看要到期末，他还是竖不起来，宿舍的一哥们儿急了，说他再不行动的话，黄花菜都凉了。

他觉得室友说得对，于是再次鼓起勇气去找她，他准备告诉她他不会竖鸡蛋，可是他是真心喜欢她，让她给他一次交往的机会。可是这一次，他看到她身边多了一位男孩，他们卿卿我我，很是恩爱。

他有些不知所措，他记得她明明说过等他竖起鸡蛋来找她要答案的，他看着她和身边的男孩与他擦肩而过，而她连看也未曾看他一眼。

他这才知道，她从未将他放在心上。

我说既然她从未将你放在心上，你又何苦为了她再竖鸡蛋。

他说非也，他为其竖鸡蛋的那个她可不是这个她，而是他的女儿。她和当初的自己一样总是竖不起鸡蛋，可又总爱在春分的时候和小朋友在一起比赛竖鸡蛋，于是就把他拉了出来替她。他本以为自己也竖不起来的，可奇怪的是，他居然一下就竖起来了，可把他女儿高兴坏了。

他告诉我他玩竖鸡蛋游戏从来都不会挑鸡蛋，他说在他心里，竖鸡蛋和找对象差不多，她若看你顺眼，认定了你，即便跋千山涉万水也会为你站立；她若心中无你，连看你一眼都是多余，又岂会站在你面前岿然不动，任你摆弄？

他的话让我想起一句词：纵目天涯，浅黛春山处处纱。原来眼前这朦朦胧胧的一层纱无关时间，无关距离。若想揭开它，须有一颗如春一般温暖、透亮的心。

世事难辨，真情也好，假意也罢，愿我们都拥有一颗透亮的心，纵目天涯，不再畏惧浅黛春山处的那抹纱。

许是今生，误把前生草踏青

许是今生，误把前生草踏青。
岁月悠悠，万事在变，不知下次见面，它会变成什么。

这么多年过去，走过很多风景各异的路，吃过很多满是故事的饭，这其中最难忘的要数前年的广州之行。

春来了，燕子北归，而我踏上了南下的路。与以往不同，这次我的目标是繁华之地，想着静了那么久，也该去体验一把繁华了。

只是我这个人好似和繁华不搭，身处车水马龙处，还是想着去一个优雅舒适的小店，品一品当地的特色。

最终，一家店以它那特殊的名字将我吸引——"许是今生，误把前生草踏青。"这名字如此文艺，像我这种文艺女青年根本无法抵抗。

我走进店内，庆幸它和我想的一样，优雅、舒适，格外温馨。许是错过了饭点，店里仅有的人是站在前台的小姑娘。

我让姑娘给我介绍一下店里的招牌菜，姑娘说今日的招牌菜有些特别，有送春牛、沾雀子嘴、竖蛋……

不等她说完，我就忍不住笑出声来，心想这小店真够特别，我倒要看看这些稀奇古怪的菜究竟如何，索性将那些特色菜统统点了一遍。她轻笑，问我是否还有别的人，我摇头。她说这么多菜一个人是吃不完的，今日春分，凡进店的顾客，他们还会另送一份春菜。

我对姑娘道谢，告诉她我只是想看看那些从未吃过的菜长什么样子，并没有想着要把它们吃完。

姑娘转头将菜单拿给我，告诉我，我想看的菜单上面都有，不必专门点来看，这样挺浪费的。

这是我第一次听到饭店里的人劝顾客在自己店里勤俭节约，深觉有趣。我接过菜单，一下子呆住，这哪里是菜单，分明就是我们二十四节气的图文介绍。

所谓送春牛，菜单上配的图是一块牛模样的饼干和农夫耕田图，下面附有注释：古时春分，有送春牛的习俗。被送的春牛其实是一张用两开红纸或黄纸印上全年农历节气外加农夫耕田的图纸，此图名曰"春牛图"。而送此图者多是善言善唱，这些人每送一家，都会触景生情地说些春耕和不违农时的吉祥话，直到主人乐而给钱为止，这习俗俗称"说春"，说者便俗称"春官"。

沾雀子嘴就是汤圆，下面也附有相关注释：以前人们为了阻止雀子来破坏庄稼，会在春分包汤圆时特意包一些没馅儿的，待煮好后，专门用东西叉住放在田边，曰"沾雀子嘴"。

竖蛋，配的图片是两个竖起来的鸡蛋，一个上面写着"春"，一个上面写着"分"，看起来颇为可爱。

接下来是春菜，上面配的图片和店家送的菜一模一样，下面解释道：它是一种野苋菜，又名"春碧蒿"。一般与鱼片"滚汤"，名曰"春汤"。俗语"春汤灌脏，洗涤肝肠。阖家老少，平安健康"里的春汤便是它，有家宅安宁、身壮力健之寓意。

我说，你们这店吃的不是菜，而是文化。不知为何只有春分的节气食品。她说只因今日是春分，所以我看到的菜单只有春分的节气食品，店里还有另外二十三张菜单。不仅如此，他们的店名也不是固定的，我看到的"许是今生，误把前生草踏青"是他们为了迎接春分昨日才换的，那是他们老板随意从描写春分的诗词里选的一句话，等到下个节气到来，它就会被另外一句替代。

我诧异世间居然还有如此深谙节气之人，我说："你的老板一定是一个特别有文化气息的人。"

她摇头，说文化气息谈不上，但绝对是一个"节气控"，这些年他一直在大江南北行走，去采集各个地区的节气食品文化，然后回来把它们全部都加到菜单里。

我好奇这样的老板，这样的店，请的师傅是什么样子的。于是问姑娘可

否请店里的师傅出来一叙。姑娘轻轻点头。

出乎意料地，师傅也是个女孩，眉目和方才的姑娘有几分相像，我拿着菜谱问她，这些菜是否都是她挖空心思想的。

姑娘告诉我这些菜都是老板想的，老板特别擅长根据节气习俗创造各种各样的菜，然后把做法教给她们，所以这里的每个人都可以做师傅，今日不过恰巧是她当值。

我越发好奇老板是个怎样的人，而且有想认识的冲动，我向她们打听老板的去向，未果。

临走时，我又看了一眼将我吸引进来的店名：许是今生，误把前生草踏青。岁月悠悠，万事在变，不知下次见面，它会变成怎样。我对着它说了一声再见，却不知以后是否还会真的再相见。再见，许是今生，误把前生草踏青。

清明：微雨渐渐众卉新

佛墙浓杏，似梦难醒

这一面红墙，一树浓杏，它们也在这红尘人世，却这般通透、这般清明，让人误以为身在梦中，难以醒来。

红墙浓杏，似梦难醒，愿世间每一个人都能如它这般，虽身在尘世，却能活得通透清明。

清明踏青，总觉得该去清明上河园，沐浴着和风细雨，站在拂云阁旁观红尘烟云，走进宣和殿做一回皇家人，钻入趣园重返童年……这一切光是想想就特别美好。

事实证明我想错了，清明节的清明上河园最大的亮点是人山人海，拂云阁挤满了人，可谓处处是红尘，宣和殿、趣园更不必说，早已人满为患。好在这里的一草一木皆是风景，随意漫步，也是情趣满满。

我就是这样来到她的身边的，看到她时，她身着汉装，独自依偎在杏树下，手中拿一条柳枝，时而抬头，双眸落在那开得正盛的杏花上，杏花的那抹红映衬着她的脸颊，照得她整个人都粉嫩起来，美若天仙。

我长得不美，但很爱美人，打心里想和她们亲近，我问她为何一人坐在这里，不去赏一赏那美景。

她说她在等人，等一个不知名字的人。

我说既然不知名字，又从何等起。

原来去年的今天，他们在这杏树下相逢。彼时，杏花正盛，她也是一身汉服，在春风催促的杏花雨下拍照，他在她面前驻足良久，她问他看什么，他说看桃花。

她打趣他一番，说这是杏花，不是桃花，他问她可否留下名字和电话，她说若想相识，就在明年的今天在此相约。临走时，他特意折了柳枝送她。她问他为什么是柳枝，他说舍不得惜别，很想留下。柳是清明的主角，无论插，还是折，它都是主角，他想让今日的主角为他做个见证，见证她说明年会等他。

她说明年的今日她会穿着汉服，拿着柳枝，依偎在这棵杏树下等他。

我问她是否确定去年的经历不是一场梦，她说她从不会做梦，她相信今日他会来，穿着和去年一样的衣服，手里也拿着柳枝。

我也坐了下来，因为好奇，我好奇她口中的男子是否会来，她所说的是不是一场梦。

她站了起来，脸上堆满笑容，我知道定是他来了。

他果然如她所说，手里拿着柳枝，他将柳枝递给她，说要让这个主角再为他们做一次见证，见证他们的相识。

她说这一年里她格外喜欢插柳，还学了不少和它相关的知识，他笑着说他和她一样，也在这一年格外惦记柳，看了好多和它相关的东西。

她说既然如此，那我们一起把自己知道的关于柳的东西说给对方听。

于是，我听着他们娓娓道来。她先开口，说柳除了有他说的"惜别"和"留"之寓意外，还曾经被有些地方的人们拿来预报天气，他们会将柳插到屋檐下，干为晴，青为雨，那些地方还有"柳条青，雨蒙蒙；柳条干，晴了天"的说法。

他说其实插柳最早成为一种风俗是为了纪念"教民稼穑"的农事祖师神农氏。

她说以前除了插柳，还有戴柳的习俗，曾经的黄巢起义有"清明为期，戴柳为号"的约定，只是后来起义失败，戴柳的习俗渐被人们遗忘，便只剩下插柳了。

他说我国把清明、七月半、十月朔称为三大鬼节，是百鬼出没的时机。

观世音曾以柳枝蘸水普度众生，人们也因而受了影响，认为柳有辟邪的功效，所以这一天，人们会插柳戴柳，保佑自己平安。

她说："有心栽花花不发，无心插柳柳成荫。"柳的生命力极其顽强，插哪里活哪里，所栽之处，处处成荫，她关注它一年，最喜欢的就是这一点。

他说柳确实很顽强，这品质也着实难得，就如他对她的那颗心一样。

她笑了，脸颊泛红，略显羞涩，低头轻语："清明节的插柳真是一个好习俗，这么好的习俗我们岂能遗忘，一起去插柳吧。"他说：好。

他们走了，只留下我一人。看着眼前砖红色的墙屹立在那里岿然不动，看着身边一树杏花，瓣瓣笑脸，我狠狠掐了自己一下，会疼。这才明白：原来做梦的不是她，而是我，不过这红墙浓杏若真的是一场梦，我愿意待在梦里不要醒来。

他和她从遇见到相识都这般简单，这份情刚巧与清明节的"清明"两个字相吻合。来时，我想站在拂云阁旁观红尘烟云，而如今，我虽不在拂云阁，却也观了这红尘烟云。

世人以为红尘烟云多俗不可耐，岂不知是它的俗气是我们给予的，我们是红尘人，食红尘烟火，而红尘烟火本也是清明通透的，然而丢掉它清明通透的不是它本身，而是我们。

看，这一面红墙，一树浓杏，它们也在这红尘人世，却这般通透、这般清明，让人误以为身在梦中，难以醒来。

红墙浓杏，似梦难醒，愿世间每一个人都能如它这般，虽身在尘世，却能活得通透清明。

花梢缺处，画楼人立

这里有一片映山红，

这里也有一群美妙的少年，

他们不分彼此，合二为一，人景相融。

向我们演绎了花梢缺处，画楼人立。

"何须名苑看春风，一路山花不负侬。日日锦江呈锦样，清溪倒照映山红"，我一直以为杨万里的这首诗定是使用了夸张的手法，直到那日那时，我和它遇见……

那日正值清明，那时，一场倾盆大雨才刚刚落下帷幕，我站在农家乐门口，抱怨这突如其来的雨耽误了我的行程。老板娘说以往的清明都是淅淅沥沥的小雨，没想到今年会下得这样大。

我满脸不悦，叹气问道："这会儿再乘车去景点是否有些晚了。"老板娘点头，随即向我推荐道："离这里不远有个学校，学校旁边有一片映山红，开得格外好看。"

我本是为了打发时间而去，却被它惊艳到了，一片片花瓣非但丝毫没有被大雨影响，反而在雨滴的映衬下更显生机，愈加娇艳。那一簇一簇的叶子

绿意盈盈，静静地附在花瓣身边，红绿相依，彼此相间。我第一次觉得花的美可以与人的情相媲美，有时候它们是无法用语言来形容的。

我小心翼翼，一点一点靠近，缓缓步入花丛中，一朵一朵细细观赏，时间不知不觉过去，一个转身，花已全在身后，这才发觉自己已置身角落，而这个角落恰巧没有花。

这满满的映山红居然缺了一角，我觉得这太不应该，它应当是完美的，我顺着那缺处往下看，想着那里定有风景填补这花梢缺处。果然我没有猜错：

花梢缺处有一群少年，他们活力四射，与这映山红一般魅力无边。

我走近少年时，他们正在进行足球比赛，个个一丝不苟，丝毫没有发现我这个局外人，倒是他们的老师过来和我打了招呼，问我是不是找哪个孩子。

我摇头，问他这些孩子是不是很喜欢足球。

他轻笑，说那不是足球，是蹴鞠。我只在电视中看到过蹴鞠这项运动，一时有些反应不过来。他说现在的孩子们对节气节日这些传统的东西了解太少了，那些东西对他们来说好像就是一张贺卡那么简单，所以每逢节气节日，他都会带孩子们真正去了解它们。

我恍然大悟，清明的蹴鞠我是知道的，它是一种用皮革做成的皮球，最

初的目的是用来训练武士，只是后来不知怎么就成了清明的一种习俗。

蹴鞠结束，孩子们虽累得满头大汗，脸上却满是笑意，老师让他们坐下休息，然后趁着休息的这会儿时间，开始给他们讲清明蹴鞠的习俗知识，孩子们听得津津有味，一个个分外入迷。

他所讲的蹴鞠比我知道的要详细得多，他告诉孩子们蹴鞠的名字格外多，如"蹋鞠""蹴球""蹴圆""筑球""踢圆"等。它起源也极早，兴盛于唐宋时期，杜甫《清明》一诗中所说的"十年蹴鞠将怀远，万里秋千习俗同"描绘的便是当时清明节蹴鞠的盛况。

接下来是射柳，射柳这一习俗与蹴鞠不同，老师先讲知识，先把"射柳"两个字分开来看，"射"即射箭，"柳"即柳树，然后给他们讲了《史记·周本纪》中的故事："曰'楚有养由基者，善射者也。去柳叶百步而射之，百发而百中之。左右观者数千人，皆曰善射。'"借此来让孩子们了解"射柳"其实是指一个人箭术极其高超的词。

孩子们听完纷纷叫好，问他是不是那种手执弯弓，脚踏马鞍，箭离弦，柳飘落，疾驰而去，飘落之柳就瞬间及手的功夫。他连连点头，说就是那种功夫，那种了不起的中华功夫。

孩子们说好想学一学那种功夫，他说学那种功夫对他们来说不可能，但是接下来倒有一样比射柳一点儿也不差的清明习俗可以让他们亲眼看看。

他说的是蚕花会，这个我也略有所知，它是蚕乡清明节的一种习俗文化。曾在梧桐、乌镇、崇福、洲泉等地流行，其中以洲泉为最盛。

由于蚕花会是一种祈求蚕业丰收的活动，因此它的起源和我国古时的养蚕丝织业有着巨大的关系。而清明节刚巧就是养蚕的好时节，又因其与人们祭祀蚕神的日子相近，所以便与清明节走到了一起，成了它的节令习俗。

据说这习俗的活动项目极多，有迎蚕神、摇快船、闹台阁、拜香凳、打拳、龙灯、翘高竿、唱戏文等十余种，大部分在船上进行，水乡特色较为浓厚。

而在盛大的蚕花会中，还有一道靓丽的风景，就是精心打扮过的姑娘们，她们头插"西施蚕花"，怀揣蚕种，万分娇艳，那场面是人美、景美、一切皆美。只可惜它并未走多久，随着时间的推移，已然消逝。

我不知他如何让孩子们目睹已然消逝的习俗风采，问其原因，他告诉我就在清明节被立为法定节假日之后，"水上蚕花会"就重新回归人们的视线了。

我哑然，那掌声、笑声、喝彩声混为一体，一年一度难得的热闹与精彩重现人间，我竟浑然不知。

天色渐晚，人群散去，回来的路上，我又看到了那片映山红，阳光的离去没有影响它的娇、它的艳、它的美，放眼望去，花梢缺处不再是空荡荡的一角，那里有一群少年，一群和映山红一样美丽的少年，他们在用他们的方式绽放习俗之花。

这里有一片映山红，

这里也有一群美妙的少年，

他们不分彼此，合二为一，人景相融。

向我们演绎了花梢缺处，画楼人立。

谷雨：且看绿肥红瘦

翠竹亭亭好节柯

谷雨真是一个好节气。

有鲜花朵朵，有香椿盛宴，有翠竹亭亭，

还有傲骨铮铮。

眼看就是谷雨，我知道一年最好的赏花时节就要到了。莹白胜雪的梨花、粉嫩含羞的芍药、绚丽烂漫的牡丹……一朵朵直勾人心，我站在十字路口左右摇摆，不知道该往哪个方向走，这道选择题太难做，每个答案都是诱惑。

小妹说连刘禹锡都说"庭前芍药妖无格，池上芙蕖净少情。唯有牡丹真国色，花开时节动京城"，还有什么可犹豫的。

牡丹，惊动京城的仙子，就是她了。早闻洛阳牡丹甲天下，是时候去一睹芳颜了。

那红粉白绿放在一起，竟不让人看了生厌、感觉俗气和矫作，而是流光溢彩，相得益彰。印象中牡丹一直是高贵的，贵气逼人的那种，今日一见，才发现原来它和书纸影像中的并不一样，没有那种缥缈的假象，甚至有些亲切。

我正陶醉其中，突然被一阵躁动惊到。抬头，发现很多赏花的人纷纷离开，朝公园的西面而去。

兴致一旦被打扰，便很难再找到原来的感觉，这么美的牡丹，我不想就这样辜负她，于是打算明日再来欣赏。

离开的途中，我为一种熟悉的香味而驻足，那是香椿的味道，也是姥姥的味道，自从姥姥走后，我已经很少吃到它了，禁不住缓缓走近。

出乎意料地，那里聚集了很多人，大家围在一起有一种超市促销大减价的感觉，这味道和姥姥给我的可大不一样，我摇了摇头，正准备离开，却听到别样的声音："谁跟我走，我请你吃香椿。"

不知是她的声音太低，还是大家挤在一起的声音太大，似乎并没有人听到，她轻笑摇头，扭头离开，我跟在她身后说："我想吃！"她转身看了我一下，嫣然一笑："跟我走！"我点头跟上她的步伐。

她带我来到她的小院，小院里一棵棵小小的香椿树散发出奇异的香味，充斥着院子的每一个角落，我知道自己来对了，因为它的味道和姥姥曾经给我的很像。

我站在那里思念姥姥，她却一个嫩芽一个嫩芽摘了不少，她说："雨前椿芽嫩无比，雨后椿芽生木体。"我来得正是时候，今日正好谷雨。

我说谷雨有赏花的习俗，我本来是来洛阳赏牡丹的，却不想邂逅了一场香椿盛宴。她笑道："现在说香椿盛宴还为时过早，一会儿让你见识到真正的香椿盛宴。"她还告诉我赏花不过是谷雨的众多习俗之一，在北方的一些地区谷雨有吃香椿的习俗。

一个多小时后，我终于明白她方才的话，也见识到了一场真正的香椿盛宴，摆在我面前的有：外黄内绿的炸香椿鱼、黄绿相映的香椿炒鸡蛋、如玉晶莹的去皮香椿杆、绿意浓浓的凉拌香椿、红绿一体的香椿辣椒……还有一些我叫不上名字的。

我看她不过二十多岁的小姑娘，惊讶她如何有这等好手艺。她说她做饭做菜的手艺其实一般，她之所以能做出这香椿盛宴，是因为她的前男友。

她的前男友是山东人，他们相识于大学校园，香椿算是两人千里姻缘的那一线。她自小喜欢吃香椿，喜欢它独特的香味，那天，她听说学校食堂里有炸香椿鱼，便如兔子一般跑到餐厅。

可惜她还是去晚了，喜欢吃香椿的人太多，人家已经卖完了，她气得嘟起小嘴，长长叹了一口气，抱怨道："老天爷，你为什么不给我留一条，一条

也行啊。"

她不知道最后一个吃到香椿鱼的他就坐在她的附近，他走了过来，将他碗里的香椿鱼全部给了她，她为了答谢他，请他吃了学校附近最好吃的火锅，他们就这样认识了。

他问她是不是很喜欢吃香椿鱼，她使劲点头。他说他们那里有谷雨吃香椿的习俗，每逢谷雨，家里就会准备一顿香椿盛宴。她馋得直流口水，他说如果答应做他女朋友，他会在下一年的谷雨将那一顿香椿盛宴做给她吃，于是她答应了。

第二年的谷雨，他真的给她做了香椿盛宴，他一样一样给她介绍。她要学习怎样做，他说有他在，哪里用得着她动手，如果她想吃，他会天天做给她吃，她笑得比蜜还甜，说天天吃会腻，每年谷雨那天做一次就好。

毕业那年的谷雨，他没有给她做香椿盛宴，而是对她说分手吧，她就回了他一个字：好。他向她道歉，说以后的谷雨再也不能给她做香椿盛宴了，她说没关系，她自己有手，用不着总靠着别人。

然后他们再也没有相见。

我问她难道就不想知道为什么分手，不想挽回一段真挚的感情吗，她说一个人若真要和你分手，可以找出一万个你无法反驳的理由，而一段真挚的感情根本不需要挽回，因为对方不舍得给你挽回的机会。

我说：你若真的放下，也不会学这香椿盛宴了。她莞尔一笑，眼里满是不屑，她说她这香椿盛宴比他做的味道好多了。她之所以学习它，一是因为自己确实喜欢吃；二是因为有朝一日真的再见，她能还他一顿更美的香椿盛宴，她会让他觉得没有他，她一样可以过得很好，包括吃香椿这件小事。

我问她，真的有必要这样吗？

她咯咯轻笑，说当然有必要，她就是这样的人，她现在积极努力，奋发上进，努力使自己变得更好更优秀，不仅仅是为了邂逅一个更美的自己，还是为了给曾经伤害过自己的每个人一记耳光，让他们知道伤害她是他们此生做得最糟糕的事。

这本是一段凌厉无比的话，可是从她的嘴里说出来，我竟觉得有些可爱，看着她那天真灿烂的笑容和明媚的眼眸，我突然觉得她很像四君子之一的竹子，清新高洁、傲骨铮铮。

我将自己所想告诉她，她激动地将我拉起。原来，她的后院有一片竹子，绿意盎然，亭亭玉立，此时正盛。她告诉我她最喜欢竹子了，喜欢它的傲骨铮铮。

谷雨真是一个好气节。有鲜花朵朵，有香椿盛宴，有翠竹亭亭，还有傲骨铮铮。

一杯香茗坐其间

繁华之外，白云深处，三两好友，尝一尝蜜饯，品一品香茗。

这日子，如此惬意，

这谷雨，如此美好！

朋友问我想不想去繁华之外、白云深处，品一杯香茗，尝一尝蜜饯。

我说："蜜饯太甜，香茗太远，我不喜甜腻之食，更不懂茶道文化，这一趟还是不走的好。"

朋友说蜜饯也有甜而不腻的，香茗不光只有我不懂的文化，这一趟若是不跟她走，我定会遗憾终生。

我这个人就是耳根子软，冲着"遗憾终生"四个字，我还是跟她走了。

此时，眼前一碧千里，绿色的波浪一道接着一道，仿若千层瀑布，又好像万卷海浪，淡淡的植物香在身体的每一个毛孔里自由游走，整个人已被洗礼，身体放空，好似置身画中。

我在画中行走，小心翼翼；我在画中做梦，梦见自己坐在一朵白云中品香茗，云朵柔软细腻，缓缓而行，将我带向深处，那里有农家小院，院里有青石板凳。

　　朋友轻轻拍了我几下，我愕然惊醒，自己正坐在青石板凳上，眼前一位身着白色衣服的姑娘正对着我笑，我这才发现，原来我没有做梦，自己真的已身在白云深处。

　　朋友指着我面前的一杯清茶，说："这可是女神亲自给你斟的香茗，你确定不要尝一口？！"

　　我愕然，恍惚了这么久，天知道发生了什么，生怕主人误会，一句"我以为自己身在画中"脱口而出。

　　主人笑道，说她第一次到这里的时候也以为此景只应画中有，所以才会在一瞬间爱上这里并决定永远留在这里。

　　我惊奇："原来你不是这里人？"

　　主人好似看出我的好奇，一边点头，一边提醒我快点喝眼前的茶，她说这可是"诗写梅花月，茶煎谷雨春"里的谷雨茶，有清火祛病、健牙护齿、杀菌消毒的作用，一年一度，只今日一个谷雨，如此难得，莫要浪费。

　　我说我听说过碧螺春、龙井、铁观音，却从未听说过谷雨茶。

　　朋友扑哧一笑，说："亏你还自称走遍天下路，尝遍人间味，听遍世间事呢。所谓谷雨茶，并非是茶的品种，它是谷雨时节采制的春茶，又叫二春茶。因温度适宜，雨量适中，再加之其树刚经历了冬季的休养，其叶的色泽、香气达到了一个全新的高度，可以称得上为一年中的佳品。在南方，每逢谷雨，人们都要喝谷雨茶，它是一种习俗，就如同北方谷雨人们吃香椿一样。"

　　一直以来，我都对茶深怀敬意，觉得它是一种干净、深奥、纯粹的文化，怕自己的笨拙玷污到它，所以从不去触碰，却没想到它竟然这么亲切和善。不过此时最让我感兴趣的是女主人如何定居在这里的，我打心眼儿里想知道属于她的故事。

　　朋友说女主人的故事比蜜饯还甜。那年，也是谷雨，她来贵州游玩，途中邂逅了他，他们一见钟情。她在东北，他在广州，就这样一段一南一北的异地恋炽热地展开了。

　　平日里他们各自在自己的城市忙碌，晚上他们会煲电话粥，告诉彼此今天自己的城市都发生了什么，他们将同一个时间的不同地点组成了一道靓丽的风景线。

　　休假时，他们把约会地点定在邂逅的贵州，他们说要用一年的时间走遍贵州的每一个角落。

　　说来也巧，遇见这片茶园是第二年的谷雨，郁郁葱葱的绿，深邃空灵的蓝，干净纯洁的白，悠悠飘来的香……当时她整个人都呆住了，以为自己身在画中。

　　后来他们被茶园主人邀请去喝茶，家有幽幽小院，院有瓜藤长廊，青石做的桌椅，清泉泡的香茗……这是她梦中的家，整个人彻底被征服，她说如果有来生，她要生在贵州，住在那样的小院，种一片茶园，与茶香为伴。

　　他问她是一时被那如画般的景致迷了心窍，还是真的打心眼儿里喜欢那种生活、想过那种生活。她说自然是真心喜欢，她喜欢那一眼望不到边的绿，喜欢极嫩极嫩的茶叶，喜欢清幽的小院，喜欢院里的瓜藤长廊，还有淡淡的茶香。

　　两年后，他向她求婚，就在如今的这片茶园，他将它买了下来，并在附近安了这有小院、有瓜藤、有长廊、有茶香的家，他对她说凡是她想要的生活，他都会拼尽全力给她，不光现在，还有将来。

　　于是，他们一个向北，一个向南，在这里开始了属于他们的新旅程。从此过上了心里想过的来生生活，日日与茶香相伴。

　　我羡慕她的爱情浪漫。她说她决定嫁给他并非因为浪漫，而是他的勇敢，敢于丢掉眼前熟悉的一切，去一个陌生的地方重新开始，未知的未来是一种很大的挑战。他做了她想做而不敢做的事情，这是他让她最钦佩也是最欣赏的地方。

　　我说她也很勇敢，她说她的勇敢不过是因为习惯，她习惯了他，所以他勇敢，她自然也会变得勇敢。

　　说到谷雨茶，她再次邀请我尝一尝，她说这谷雨茶可遇不可求，茶农从未将它当成商品去出售，而是将它当作瑰宝用来招待有缘人。

　　我小心翼翼捧起那精致的茶杯，闭上眼睛，轻轻一吸，淡淡的香味直入肺腑，连带着周围的一切也变得清香无比，这种感觉真好。

　　繁华之外，白云深处，三两好友，尝一尝蜜饯，品一品香茗。这日子，如此惬意，这谷雨，如此美好！

　　只是这世间的每一份美好都是有代价的，这代价或许是金钱，或许是利益，亦或许是对一种熟悉的摒弃，想得到就要先付出。而我愿这世间的每一个人都能学会在付出与得到中权衡，然后像这茶园女主人一样从勇敢开始，过上自己想要的生活。

　　今年的谷雨，再见！明年的谷雨，希望你想要的生活已经像谷雨茶一样成了属于你的习俗。

第二辑

夏：夏日灼灼，芳菲歇去正可人

闲看芭蕉上窗纱，不想途中遇迎夏。

"迎夏"这两个字那么远，却又那么近，仿佛在天边又好似在眼前。

南郊，山是红的，水是红的，草是红的，树是红的，连天竟也是红的……

我从不知道立夏竟然可以这样红，红得如爱情。

立夏：翩翩夏日姗姗至

闲看芭蕉上窗纱

闲看芭蕉上窗纱，不想途中遇迎夏。

"迎夏"这两个字那么远，却又那么近，仿佛在天边，又好似在眼前。

南郊，山是红的，水是红的，草是红的，树是红的，连天空竟也是红的……

我从不知道立夏竟然可以这样红，红得如爱情。

"闲看芭蕉上窗纱，不想途中遇迎夏。"

听到这句话的时候，我正在古城平遥，那时天色尚早，还未大亮，古城的惺忪睡眼还未睁开，周围很静，行人很少。

　　她推着轮椅一边走，一边和轮椅上的人说话，她说："今日是立夏，我们一起去南郊看迎夏吧。"

　　轮椅上的他脸颊微微泛红，不答她的话。她蹲下身子，凑近他微微泛红的脸，说："你为什么不说话，你的脸为什么这样红，你与迎夏一定有故事。他还是不言不语。"

　　她站起身子，微微一笑，继续道："你一定忘了你和迎夏的故事了吧。"

　　没有阳光，我还是看到她眼角挂着的泪珠晶莹透亮，宛若露珠，我将自己昨日新买的刺绣手绢递给她，她接过去，却没有擦拭眼泪，任由它随意滴落，她告诉我说她就是迎夏，不是花中的迎夏，而是立夏的迎夏。

　　她小时候只知道迎夏花，每逢生日，总要让妈妈给她买迎夏花，稍微大些后，妈妈不再给她买了。妈妈对她说是因为她生在立夏那天，才给她取名迎夏，迎夏在古时是立夏这天属于帝王的一种仪式，古朴高贵，内敛端庄。

　　"斗指东南，维为立夏，万物至此皆长大，故名立夏也。"她喜欢古朴高贵，喜欢内敛端庄，也喜欢帝王的立夏仪式。只要想象一下满朝文武百官从礼服、玉饰、车子到旗帜都是清一的朱色，她就觉得特别美好，她想，有朝一日，她定要让想象中的画面重现。

　　大学时，她的机会来了，她参加了话剧社并因能力超群、贡献突出被选为社长。那一年，她开始在社团里筹备立夏仪式，于是那一年的立夏多了一道靓丽的风景线：红色的服装，红色的头巾，红色的自行车，直直往南郊的方向而去。

她走在最前面，手里还拿了一面红色的旗帜，她不知道是如何发现他那双注视了自己许久的眼睛，也不知为何在回来的时候会在他的目光下停留。

她问他："你在看什么？"

他好似没有想到自己的偷偷注视会被发现，像做了贼一样不知所措，满脸通红，过了许久才回答她："闲来无事，我在看芭蕉上窗纱。"

他家楼下确实有一棵芭蕉树，但是并不高，离他家的窗纱还很远。他这话说完就后悔了，后悔没有找一个好一点儿的借口，最起码不像这个这么漏洞百出。

她却并不在意，从自行车上下来，她说她没有见过芭蕉树，要好好看一看。她在芭蕉树旁转了一圈又一圈，芭蕉叶子已经摸了好几遍，眼睛却还在那树上停留。

他看她如此喜欢，便道："你要是喜欢它，我把它送给你。"

她俏皮一笑，说她不能要这芭蕉树，不然他就无法再看芭蕉上窗纱了。

他低下头，脸一下子红到了脖子根，她说其实闲看芭蕉上窗纱也是一件挺浪漫的事。她的话给了他勇气，在离开之际，他问了她的名字，她说她叫迎夏，立夏的迎夏。他说她的名字真美，和她的人一样。

第二年的立夏，她依旧穿着红色的衣服，拿着红色的旗子，只是骑着红色自行车的人变成了他，她坐在他的身后，他们一起去南郊迎夏。

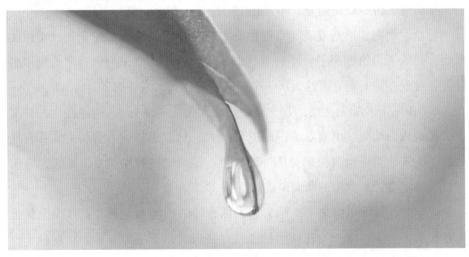

她问他芭蕉树有没有长到窗纱上，他说："闲看芭蕉上窗纱，不想途中遇迎夏。"

她又问他知不知道迎夏为什么会选在南郊。

他说关于迎夏的一切他都知道，之所以选在南郊，是因为南方刚好是火神祝融所在的方位，古人祭他以求五谷丰登，我祭他以求与身后的女子白头到老。

她告诉我有时候誓言一点儿也不灵，他食言了，说好的一起白头到老，他却做不到。那年他出了车祸，在医院睡了整整两年才醒来，意识全无，连一句话都不能说给她听。

当时医生告诉她他可能这辈子都醒不来了，但是她不相信，因为他答应她以后每年立夏都要陪她去迎夏。她一直守着他，他醒来了，医生说这是个奇迹，但是醒来并不代表什么，他还是有可能随时倒下。她狠狠地白了医生一眼，说她什么都不相信，她只记得他要陪她白头到老。

我说他们一定会白头到老。

她笑了，问我要不要一起去南郊看迎夏。我说自己并不知道南郊有迎夏仪式。她说她也不知道，她只是听别人说那里有迎夏，所以才要带着他去看一看的。

我让她先在这里休息，等我去了南郊看一看究竟，再回来叫她。她拒绝了我，说即便南郊没有迎夏，她还是要带着他去的，因为她就是迎夏。

她推着轮椅慢慢走出古镇，我看着她的背影，心里全是感动。希望南郊有迎夏，让她只做他的迎夏，而不是南郊的迎夏。

"闲看芭蕉上窗纱，不想途中遇迎夏。"我呢喃着这句话，"迎夏"这两个字那么远，却又那么近，仿佛在天边，又好似在眼前。

我好像到了南郊，那里好似真的有迎夏仪式，山是红的，水是红的，草是红的，树是红的，连天空竟也是红的……

我从不知道立夏可以这样红，红得如爱情。

摘尽枇杷一树金

她站在树上摘枇杷，

他坐在树下弹吉他，

她的枇杷打到了他的吉他，

他们的故事就这样开始了。

满树的金子闪闪发光，不知谁愿来此一摘。一颗放在手心，财源滚滚；一颗放在枕边，好梦常存，一颗放在你心，清新如夏。

发来此信息的这位姑娘对我来说已经很遥远了，遥远到我要瞪大眼睛看

好几遍信息的发件人来确定自己是否眼花了。

关于她，我印象最深的是爱情。

那年立夏，她站在树上摘枇杷，他坐在树下弹吉他，她的枇杷打到了他的吉他，他们的故事就这样开始了。

她小心翼翼向他道歉，他轻轻拿掉落在她头发上的枇杷树叶。他说女孩子爬树不是什么好行为，还将她掉在地上的枇杷捡了起来放到了她的手上；他说他以为立夏吃枇杷只是他们南方的习俗，没有想到北方也有这习俗。

她听得一头雾水，什么立夏吃枇杷，她只是看到这枇杷熟了，一时兴起而已。不过这些都不要紧，要紧的是她的心怦怦直跳，比兔子奔跑还快。她告诉自己不能再待在他面前，她怕她的魂儿会被他勾走，于是转身而逃。

她回到宿舍，久久才将自己的心情平复，她将自己的感觉告诉了宿舍的姑娘们，她们对她的感觉没兴趣，都纷纷问起他来，她们说那是标准的暖男，只有电视里才会遇到，如果现实中遇到了，打死也不能放过。

她犹豫很久，还是被她们说服了，她们问清前因后果，一致认为立夏吃枇杷是个突破口，她们还从他最后的那句话中推断出他是南方人，她们鼓动她去给他送枇杷。同时为了以防万一，她们还帮她查了立夏的习俗，尤其是南方的。

尝三鲜是中国民间立夏的习俗之一，"三鲜"是指地三鲜、树三鲜、水三鲜。地三鲜通常是指蚕豆、苋菜和黄瓜；树三鲜通常是指樱桃、枇杷、杏子；

水三鲜通常是指海螺、河豚、黄鱼。

在她背得滚瓜烂熟，准备去找他时才发现无从找起，关于他的信息，她一概不知，她们一边责怪她大意，一边催促她赶快去方才的枇杷树下看一看。

她没有想到他还坐在那里弹吉他，心里紧张得不得了，闭上眼睛把关于立夏尝三鲜的习俗背了一遍又一遍，可快要靠近他时，脚就是无法向前迈出一步。

最后，还是他先转头看她，她背的台词忘得一干二净，只能对着他羞答答地一笑。他靠近她，告诉她其实立夏尝三鲜的那些食物并不固定，它们因地而异，都是当地的一些时令食物。

她点头"哦"了一声。

他又问她知不知道立夏尝三鲜都有什么寓意，她摇头。他告诉她立夏吃豆，豆又叫发芽豆，有发的寓意；苋菜有红汤，有鸿运当头之意味；红红的樱桃则有红红火火的寓意。

她连连点头，说没想到他懂这么多，他说他没有什么特别的爱好，就是对中国的文化颇有兴致。她咯咯一笑，说怪不得他研究得那样深。

他说谈不上什么研究，他向来不懂得如何研究，越是喜欢的东西越是如此。对于喜欢的东西，他只知道慢慢靠近，对待喜欢的人也是如此。

说最后一句话的时候，他用眼角偷偷看了她一眼，脸颊略微有些泛红。

这个世界上最幸福的事情莫过于你喜欢我的时候我也恰巧喜欢你，他和

她是幸福的，因为在遇见的那一刻，他们就彼此喜欢了。

因为彼此喜欢，他们的爱情很自然，没有谁追谁，也没有谁向谁表白，就那样走到一起了。

毕业的时候，他问她想去哪里发展，她说她想去一个有枇杷的地方。他说刚巧他们家就有很多枇杷，她说她不介意远嫁。

她虽不介意，可是她的室友亲人却非常介意，他们说女孩子千万不能远嫁，否则以后的苦头只能自己一个人吃。他们举了比比皆是的例子，她听不到心里去，她说她就要嫁到他家里去。

他告诉她其实他无所谓，去哪里都行，只要有她在。她说她就是想让大家看看幸福和嫁得远近没有关系，她相信无论在哪里，他们的生活都会像金灿灿的枇杷一样，闪闪发光。

后来的事情，我们不大清楚，只记得临走时，她告诉大家等她和他结婚的时候，她会给全世界发信息。

仔细算算，她的这条信息距离这句话大概有六年了。

我回她信息，说我想去摘金子。

她告诉我，她和他的婚礼就定在他们认识的立夏，那里有一树一树的金子等着我去摘。

她没有说谎，那里确实有一树一树的金子正闪闪发光，她说这些枇杷树都是他和她亲手栽下的，如今已经到了盛果期，里面藏的都是幸福的味道。

他们的婚宴比普通婚宴多了一些菜——地三鲜、树三鲜、水三鲜。用餐时她挽着他的胳膊一道一道向客人介绍，她说今日立夏，这餐桌上的蚕豆又叫发芽豆，吃了可以发大财；这红色的苋菜汤，喝了可以鸿运当头；红红的樱桃，吃了之后生活会变得红红火火。

看着眼前的情景，我又想起当日她背立夏习俗的样子，只是那时她紧张又激动，这时她幸福又甜蜜。她跟他来到这里之后的情形我不知道，但是如今看着她脸上洋溢出的那发自内心的幸福笑容，我知道她的日子一定如枇杷一样金光闪闪，如夏天一样红红火火。

看来她是对的，一个人幸福与否和她嫁得远近并无多大干系。遇到对的人，即使远嫁如她，也会将日子过得金光闪闪如枇杷、红红火火如夏天。

小满：风吹麦浪粒粒香

红日当空，迎风笑落红

今日小满，红日当空，
不知你的身边有没有一个人，
愿意和你坐在田垄上，一起迎风笑落红？

如果有一天，你误入田间。那时，正值红日当空，你看到两位满头银丝的老人背靠着背坐在田垄上，我想你一定会像我一样停下脚步，向他们走近。

我问他们天气这样热，为何不躲着太阳，反倒坐到这热气腾腾的田垄之中？

他们笑着告诉我他们在看迎风而下的落红。

我顺着他们的方向朝前看，有风，有麦，就是没有花。我说这里没有花，哪来的落红？他们说我看错了，他们记得很清楚，这田垄前有很多花的，五十年前，他们就是在那花前私定终身的。

我的心一下子暖了起来，在我眼里，五十年前的爱情就是父母之命媒妁之言的那种，哪里有什么私定终身。

我问他们五十年前他们是否也是这样背靠着背坐在这田垄之中，他们点点头，将我带回他们的故事当中。

他在北方，她在南方，他与她虽相距千里，但说起来却是远亲。

那年她家里遭了变故，父母将她送到他家暂住。来之前她就听父母说过，那里有个哥哥，孝顺、懂事，还出国留过学，博学多才，很有出息。而那时他也听家里人说起过她，他们说家里要来个妹妹，那个妹妹有一双妙手，不仅能作惟妙之画，还能孵出蚕宝宝来，在当地远近闻名。

那天她到他们家，他心里格外高兴，迫不及待地想看看那个可以孵出蚕宝宝的姑娘长什么样子，以至于在看到她时说的第一句话就是："你就是那位可以孵出蚕宝宝的妹妹？"

本是激动之下的一句仰慕话，却被他父母责罚，说他不懂礼貌，不讲规矩，不准他吃饭。

那话虽是无稽之谈，可她只觉得他有些可爱，并未觉得有什么不妥，她想替他说好话，可是寄人篱下的第一天，她实在不知如何开口。

后来也不知是哪里来的勇气，她趁他们不注意，偷偷藏了些点心在袖子里，准备找机会给他偷偷送去。

在她还没有找到时机的时候，他却敲开了她的房门，他说母亲让他来给她道歉，她笑着将藏的点心递给了他，说："你一定饿了吧！"

他接过点心，心里比吃了蜜还甜，他问她：你真的可以孵出蚕宝宝吗？

她扑哧一笑，说哪里有人能孵出蚕宝宝来，她只是会画蚕宝宝，画得和新生的蚕宝宝一模一样。他问她能否给他画一幅看看，于是她拿出纸笔，只简单地在上面描摹了几笔，蚕宝宝就诞生了。

他说原来这就是可以吐出丝线的蚕啊，他还是第一次看到呢，他夸她画得真好。

她说他又没有见过蚕，怎么知道她画得好不好，他呵呵一笑，说就是感觉她画得好。她走到床头，拿出一个精致的盒子打开给他看，里面是一只真的蚕。他看着那绿莹莹的身体，整个人都呆住了，她让他摸摸那蚕，说很舒服的，他小心翼翼摸了摸，凉凉的，如玉一般。

他问她是不是很喜欢蚕，连出远门都带着。

她说很喜欢倒是谈不上，只是蚕是一种很难养活的娇贵生物，气温、湿度以及桑叶的冷、熟、干、湿都会影响它的生长，所以他们那里的人都把蚕看作"天物"，在她眼中，蚕是高贵的，每每画它或是看到它，她的心里都是敬畏。

说到这里，她的眉头皱了起来，眼里有几分伤感。他问她怎么了，是不是他哪句话说错了。

她摇头，说不关他的事，只是今日是小满，往年的今日，她都在父母的身边，他们会一起祭蚕，以祈求"天物"的宽恕和养蚕有个好收成，可是今年，她却流落他乡，更别提祭蚕了。

看她这样伤心，他心里难受极了，告诉她没关系，他说以后的小满他会陪她一起祭蚕。

他把盒子里的蚕拿了起来，对着它说："蚕神在上，望你保佑妹妹家乡的养蚕有个好收成。"

他这样将她逗笑了，她说祭蚕不是这样的，他问她是哪样，她看了看四周，叹了口气，说罢了，祭祀不在形式同，而在心中的虔诚，于是她也学着他的样子祭蚕。

时间过得很快，转眼第二年的小满就到了，她家里人还没有来接她，不过她的心境与之前大不一样了，因为她有他，他们的感情升温很快，而且得到了他家人的默许。

也就是这一年，他带着她还有她的蚕宝宝来到了这田垄之中，他们在这里祭蚕时，风吹下来的花瓣落到了她的耳边。

那时阳光正好，照在她的脸颊，红红的，如同花瓣一样，美极了。他没忍住，在她的脸颊轻轻一吻。

她羞红了脸不说话，他以为她生气了，当即向她许诺："妹妹，你放心，今生今世，我只爱你一人，非你不娶，决不负你。"

她心里乐开了花，仍旧不说话，任由他在那里甜言蜜语地哄着她，直到夕阳西下。而这之后的每一个小满，他都带着她来到这田垄，一起祭蚕，一起迎风看落红，这一看就是几十年。

如今落红不在，他们还在。虽然他们的双眼已经模糊，但是这并不影响他们祭蚕、看落红。

我又靠近他们一些，方才看到她的手里拿着一个精致的盒子，我想那一定是她从家里带来的盒子。

看着他们相互依偎地坐在那里，我觉得世界上最美的幸福也不过如此了，连皱纹都在轻笑。

今日小满，红日当空，不知你的身边有没有一个人，愿意和你坐在田垄上，一起迎风笑落红？

白桐落尽，岁月未蹉跎

小满吃苦苦菜一定不是习俗中的巧合，
"苦"与"满"宛如"苦"与"甜"，
有苦才有甜，尝尽苦甜，方显圆满。

今年小满与往年不同，挖一把苦苦菜，烫好拌好，要带着它去我家附近那无名山脚的白桐下做一次东道主，赴属于我的五年之约。

犹记得五年之前，我们还在校园，不为生活忧愁，不染社会之俗，每天谈天说地，时不时遥想一下未来好时光。

那天，我们正说得起兴，你却一言不发，问你是否有心事，你说你上火了，嘴里起了个大泡，难受得很。

大家给你推荐祛火药，你说你没病，不想吃药，于是我向你推荐了苦苦菜。你们都不知道什么是苦苦菜，于是一下子来了兴致。

我说春风吹，苦菜长，荒滩野地是粮仓，苦苦菜就是《诗经》中写的"采苦采苦，首阳之下"，它碧绿如玉，清凉爽口，苦中带涩，涩中带甜，甜中带香，有安神益气、清热解毒之功效。

你的嘴瞬间不疼了，吵着要吃，大家也嚷着说要吃。我说在我们那里一般都是小满的时候吃这菜，再过两天刚好小满，我提议到那时候我们再一起吃，我亲手给大家做，你们说想不到我还会做菜，纷纷拍手叫好。

小满那一天，我从超市买来苦苦菜，你们看到后，方才知道我口中的苦苦菜原来就是蒲公英，顿时兴趣减半，有种上当受骗的感觉。

我没有被你们所影响，将苦苦菜洗干净，烧开水烫了又烫，然后拌上调料吃了起来，不知是它的清香吸引了你们，还是我的吃相吸引了你们，你们也纷纷拿起筷子吃了起来。

你们说这菜太苦了，要加点糖进去，我说苦苦菜如同生活，虽然嚼起来苦，但是后味是甜的。以前的小满，我在家里，我们吃苦苦菜时，妈妈总是谆谆教导："吃得苦中苦，方为人上人。将来无论做什么都不要怕苦，因为苦的背后是甜。"

你们说我好讨厌，吃个菜都能吃出文艺味。我说将来的我一定要和"文艺"这两字沾上边，没事看书、写字，到处走走。

我好像开了个不错的头，你们也纷纷谈论起自己的将来。你说将来太远，你不知道会怎样，但是毕业后你想去新疆支教，看看那里的风景，体验那里的人情；她说她喜欢摄影，想拍遍世间的美景，留住身边的美好……

不知不觉，我做的苦苦菜吃完了，你们意犹未尽，说它的后味真的很甜，好想再来一盘。

我说明年的小满再见。你说明年太近，不如五年后的小满，我们再见。大家觉得你的提议棒极了。

我们正在商量地点，小妹打来电话告诉我那棵白桐树上的花落了，我惊奇为何今年它落得那样早，小妹说她也觉得奇怪，所以才特意打电话告诉我，我说岁月蹉跎，许是今年时间过得太快，催得桐花早早便落了下来。

你听到白桐又激动起来，说在你的印象里白桐长在深山，常生长在山坡灌丛、疏林或荒地，并未听过有人工盆栽种植的。我说白桐确实长在深山，也确实不曾有人工盆栽和移植，而我恰好生在山城。

你们都好想去看一看白桐花，于是五年后小满的再见约到了我家附近的

白桐树下，你们说让我提前备好苦苦菜，多备一些。

　　我没有想到你们都到了，更没有想到岁月未曾在你们的容颜上留下任何痕迹，你们依然年轻美丽。

　　你一边吃苦苦菜，一边和我们分享你在新疆的点点滴滴，那里的人、那里的事、那里的景在你口中都美得不得了；她和我们分享她留下的美好，每一个瞬间都那么让人感动……

　　你们问我的近况，我说也没什么好说的，无非就是看看书、写写字、走走路，你们说怪不得我看起来依旧那样年轻，原来初心还在。

　　我恍然大悟，原来初心可以抹去岁月在我们容颜上留下的痕迹。

　　我问你们这些年的小满有没有再吃苦苦菜，你们笑了，说岂止是小满，这一路走来，凡是苦不堪言的时候，都会吃苦苦菜，想起那年小满吃苦苦菜时我说的话："苦苦菜如同生活，虽然嚼起来苦，但是后味是甜的。吃得苦中苦，方为人上人，将来无论做什么都不要怕苦，因为苦的背后是甜。"

　　我们只顾着聊天，忘记看眼前的白桐树，待你们想起来，才发现这一树的白桐居然落尽了。

　　我说好巧，五年前的今天，白桐花也落了。不过不打紧，白桐虽然落尽，但我们还在，初心还在。只要有初心，岁月便不会蹉跎。

　　你们看了看没有花的白桐，又摸了摸落在地上的白桐花，说花树分离也很美，景之美；白桐落尽，岁月未蹉跎更美，意之美。

　　五年前的小满，白桐落尽，我们吃苦苦菜，谈未来。

　　五年后的小满，白桐落尽，我们吃苦苦菜，谈初心。

　　我想这不是巧合，一定是冥冥中自有安排，就像小满吃苦苦菜。小满吃苦苦菜一定不是习俗中的巧合，"苦"与"满"宛如"苦"与"甜"，有苦才有甜，尝尽苦甜，方显圆满。

芒种：香喙吐云生暖热

梅子黄时，处处笙歌

梅子黄时，处处笙歌。

不过相比之下，我更喜欢笙歌之外的宁静，如芒种的煮梅汤、酿梅酒。

我想，对于芒种，它们才更像一曲笙歌，委婉动听，令人难忘。

梅子黄时，处处笙歌，梅园分外热闹，而你们却在这繁华声中煮梅。梅入了水，香也入了水，待水"咕嘟咕嘟"作响，香味随蒸汽飘散，散入整个梅园。

我庆幸自己嗅觉灵敏，嗅出了它与梅园梅香的异样。它的甘、它的醇将

我一点一点吸附到它的身边。

梅园的角落，简单的小屋，我冒昧而入，他们正在举杯畅饮。陌生人的突然造访并未给他们带来诧异，他们邀我坐下，给我斟了一杯梅汤。

我说："这梅汤香浓醇厚，固然好喝。只是外面满树梅子正在变黄，那风景也甚是别样，你们不出去一赏？"

他们说今日芒种，只知道芒种煮梅，而不知芒种赏梅。他们还告诉我梅汤不仅香醇浓厚，还具有净血、整肠、降血脂、消除疲劳、美容、调节酸碱平衡、增强人体免疫力等功效，可谓内外兼修，韵味非凡。

我这才知道原来在这江南，芒种有煮梅的习俗。

遇见了梅香，尝了梅汤，我起身准备离开，恰巧又有人进来，他手上的酒坛让我禁不住驻足，我问："你那里面装的是酒？"

他说那是去年芒种酿的梅子酒，让我坐下尝一杯。我一句客气的话都没说，又扭头坐了下来，他们拿来杯子倒酒，一时间，酒香与梅香融为一体，看着眼前的画面，我咯咯一笑，说："我们这也算是'青梅煮酒论英雄'了吧。"

此言一出，他笑得更欢，说要论英雄非眼前的那位大哥莫属，遥想当年他不过是一个见了女生脸就会红的腼腆小子，可追起喜欢的姑娘一点儿不含糊，瞬间成了顶天立地的大英雄。我看向他们，他在轻笑，她的脸颊绯红，有些不好意思。

我说那表情写满了故事，我要听故事。

他说当年他与她相逢也是芒种，那日的情形与今日有些像，他听说梅园的梅子黄了，特意来赏梅。

那会儿梅园人很多，处处笙歌，唯独她站在安静的角落，偶尔弯腰捡一捡落在地上的梅子。

他觉得她很特别，便上前搭话，问她捡那些梅子干吗？她以为他不过是好色的登徒子，不搭理他，可是她越不理他，他越想让她理他，默默跟在她身后。

他也学她那样捡梅子，他说他猜她一定是拿这梅子煮汤，芒种的梅子汤实在太好喝了。听到他这句话，她觉得他也并非好色之徒，不过仍旧不理他，继续捡梅子。

他说："你有梅子，我有水，不如我们一起煮梅子吧。"她不理他，扭头准备离开。他赶忙跟上，他说他不仅有水，还会煮梅，还会酿梅子酒，他说关于梅子的一切他都很熟悉。

她终于驻足，他说他煮的梅汤真的很好喝，他想让她尝一尝。她把自己手里的梅子全数给他，问他要多久能煮好。

她的声音如黄鹂一般清脆好听，他呆住了，连话都忘记说了。她说再过半个小时她就要回家了。

他这才反应过来，飞快地跑向梅园主人那里。他没有骗她，他煮的梅汤确实很好喝，她离得老远就闻到了香味，汤未入口，就甜到了心间。

她要离开了，什么也没有留下，他满心不舍，叫住了她，他问她："芒种除了煮梅汤，还可以喝梅酒，你知道吗？"

她点头。

他说他也会酿梅酒，味道比梅汤还好。他问她想不想尝尝。她说时间不早了，她该回家了。

她走了，他站在她的身后大喊："那下个芒种，我请你喝梅酒；我在这里等你，你不来，我不走。"

他不知道她有没有听到他说的话，但是他确实在等她，他从太阳升起等到太阳落下，她方才出现在他的眼前。

她问他为什么相信她一定会来，他说即便她不来，他还是会等，但他庆幸她来了，给他再见她的机会。

她问他这梅园五颜六色，处处笙歌，为什么会是她？他摇摇头说他也不知道为什么会是她，他只知道在梅园的处处笙歌中，他只看到了她。

她低头，轻轻一笑，略带羞涩。

他说他好像知道为什么是她了，她问为何。他说因为她和那满园的梅子很像，有点青涩有点甜美，而他从小就很喜欢梅子，所以才会煮得一手好梅汤，酿得一坛好梅酒。

她问他是不是很会说甜言蜜语。他赶忙摇头解释，说他向来不会说话，尤其是对异性，一开口就会脸红，但是不知为何，见到她就不一样了。

她低头不语，但心里是信他的，她没有告诉他其实这一天她也来得很早，她一直在不远处看着他，看他时不时地往她离开时的方向张望。

他让她尝自己酿的梅子酒，她一连喝了好几杯。看她那样欢喜，他开心得不得了，他问她是不是也很喜欢梅子。她点头肯定，说她很喜欢梅子，喜欢它的青涩。

她说他这好手艺将来完全可以开一个小店做梅汤、酿梅酒。他说他还想种一片梅园，和眼前的这片一样，待梅子黄时，让梅园处处笙歌，约三两好友在笙歌中煮梅汤、品梅酒。

而眼前的这片梅园就是他们在一起之后亲自栽种的，他们说每年芒种这里的人是最多的，可谓处处笙歌，而他们就在笙歌中约好友煮梅汤、品梅酒，偶有像我一样的客人造访，便会顺带让其尝一尝手艺，体验一番笙歌之外的芒种和芒种里的梅汤、梅酒。

我走出屋子，外面热闹依旧，笙歌依旧。

不过相比这梅子黄时的处处笙歌，我更喜欢笙歌之外的宁静，如芒种的煮梅汤、酿梅酒。我想，对于芒种，它们才更像一曲笙歌，委婉动听，令人难忘。

一见榴花，痴云不散

一见榴花，痴云不散。

这痴云生在芒种，如同芒种的送花神，虽然已经不会再现，

可是却深藏在心中，永远不会散去。

"花谢花飞花满天，红消香断有谁怜？游丝软系飘春榭，落絮轻沾扑绣帘……"

听很多人唱过《葬花吟》，却从无眼前人这种感觉：起承转合间，深与浅同在，悲与喜并存，其间韵味，复杂难言。

我说："你一定是饱经世事，才能唱出这种味道。"

他说："世事这般无奈多变，只一件就能让你尝遍酸甜苦辣咸五味，万不能用'饱经'这两个字来形容。"

我问他经历的是哪一件。他不答话，反问我知不知道送花神这一习俗。

我说我知道它是芒种的习俗之一，却未曾见过，只在《红楼梦》中看到过，"至次日乃四月二十六日，原来这日未时交芒种节。尚古风俗：凡交芒种节这日，都要摆设各种礼物，祭奠花神，言芒种一过，便是夏日了，众花皆谢，花神退位，须要钱行。然闺中更兴这件风俗，所以大观园中之人都早起来了。那些女孩子们，或用花瓣柳枝编成轿马的，或用绫锦纱罗叠成千旄旌幢的，都用彩线系了。每一棵树上，每一枝花上，都系了这些物什。满园里绣带飘飘，花枝招展，更兼这些人打扮得桃羞杏让、燕妒莺惭，一时也道不尽"。

"是啊！"他喃喃道，黛玉葬花也是在那个时候，而他送走她和遇见她也是在那个时候——芒种。

他与她相识在学校的图书馆，他们擦肩而过，他打落了她捧在手上的书，他一边道歉，一边弯腰捡书，抬头时，却被她头上的那朵花吸引。

他认得那花，那是一朵开得正盛的榴花，它同玫瑰一样娇艳，却比玫瑰更清新活泼，惹人喜爱，他不禁夸赞："这朵榴花真漂亮。"

她嫣然一笑，嘴角咧开，如绽放的榴花一般清新活泼，她说："你也喜欢榴花？"

他点头，说他还是第一次看到有人将榴花插在耳畔做头花，而且如此般配。

她说她并不是日日都将榴花做头花，今日恰巧芒种，她想做一次古人，把自己打扮得靓丽一些，去送一送花神。

"送花神？"他重复道。

"你也知道送花神？"她脸上满是惊喜。

他轻轻一笑，说他只是在《红楼梦》中看到过，并不曾有深入的了解。她也笑了，说她最初知道芒种的送花神习俗也是因为《红楼梦》，她很喜欢那段描述，觉得那画面美极了，于是特意去详细了解了芒种送花神习俗。

有迎才有送，农历二月初二是花朝节，那时天气渐暖，百花待开，人们便开始举行迎花神仪式。

而到了接近五月的芒种，百花开始凋零，于是人们又开始送花神，举行送花神仪式，饯送花神归位，这仪式中既有对其感激之情，又有盼望来年再次相会之意。

他不知道送花神有没有趣，但是他看到她描述这一切的时候有趣极了，她的头左右摇摆，插在耳畔的榴花也跟着摇动，此刻她如此动人，宛如花神。

他们来到校园里花开得最好的那棵榴树下，免去了礼物祭饯这一部分，学着大观园里那些女孩子，将漂亮的彩色丝线搭在树上，说了一些感谢和期盼的话。

要分开了，他有些不舍，他想问她在哪个系，叫什么名字，可是终究没好意思开口，最后还是她率先说了别离的话："明年的芒种我还会戴着榴花去送花神，你要一起来吗？"

他抑制住了内心的激动，用力点点头，说："好啊！"

她说："那我们约好了，明年的芒种那棵榴树下再见。"

他激动不已，重复了她的话："明年的芒种那棵榴树下再见。"

只是第二年的芒种，他在那棵榴树下等了许久，头顶的太阳变成了月亮，她还是没有来，他想去找她，可是却不知从何找起，他后悔当初没有留下她的联系方式。

眼前满树的榴花如同去年一样盛，只是他再怎么看也不觉得它清新活泼了。

那晚，他彻夜未眠，脑子里全是她的身影。第二天他开始打听她的消息，原来这并不是难事，不过一个上午，他便打听出来了。

当他找到她同宿舍姑娘们的时候，她们对他说："你怎么现在才来，她出事那会儿你到哪里去了？"

他惊呆了，他一直在等第二年的芒种，盼望着和她的重逢，这期间的每一天对他来说都过得极慢，他总希望明天就是芒种，好不容易等到，却不想会有意外，他满是关切："出事，出了什么事？"

宿舍的姑娘告诉他，她得了不好的病，查出来的时候已经是晚期，早在半年前就已经走了，这事大半个学校都知道了，她们不相信他会不知道。

他连连摇头，不相信这是真的，她们将她留给他的榴花交到他手中，花已凋零，只剩枝叶，她们说她临走的时候还惦记着他，说如果将来有一个男同学去找她，就把这朵榴花给他。

他握着枯枝，许久未回过神来……他问自己都干了什么，天天宅在宿舍等芒种，却从未想过主动去找她一次、看她一次……

他抱着榴花枝，混混沌沌到了下一年的芒种，他不相信他们的缘分只有一面那样浅，这一次她也来了，她说她很想长眠在榴花下……

他把她留给他的榴花枝埋在了榴树下，让它替她长眠在榴花下，这是他唯一可以为她做的事情。

自此，他更加迷恋芒种，迷恋送花神，迷恋《红楼梦》，迷恋《葬花吟》，迷恋榴花，他找人专门用金属打了一朵榴花，每天给它涂色，让它日日都盛开。

　　我这才发现，他的手中正握着一朵榴花，光鲜亮丽，如今日的天气。

　　一见榴花，痴云不散。这痴云生在芒种，如同芒种的送花神，虽然已经不会再现，可是却深藏在心中，永远不会散去。

夏至：幽幽白日今最长

晚来风去吹香远

晚来风去吹香远，这香是凉面的，这香也是热面的。

不过无论凉面，还是热面，它们都是属于夏至的，

它们是一家人，是与生俱来的一家人。

今日夏至，你吃面了吗？

天气是热的，空气是热的，你是热的，如果说热是一种病，那么我有药——一碗凉面，一缕凉风，外能降温，内可降火。热的国度中，我在这里等着你。

今日夏至，你吃面了吗？

　　柔柔的晚风吹来，天气凉了，空气凉了，你的心呢，是否也凉了？不要紧，来一碗热气腾腾的面，除暑辟邪，温暖心田。我的心，你的面，你吃的面，我在用心做。

　　没想到在这北方小镇，我还可以邂逅这么有趣的小店。

　　既然邂逅，便不能错过，现在我浑身冒着热气，急需降温。我率先去寻找热的解药，我问店主："你的凉面真能降温降火？"

　　他说："你没听过'冬至馄饨夏至面'的说法吗？在这老北京，只要夏至一到，人们就开始吃凉面了。夏至吃凉面已经成了一种习俗，而这习俗之所以能形成，不仅因为天气炎热，更因为它有降温降火之效。"

　　我说没想到他懂得还挺多，他呵呵轻笑，倒有些不好意思。我又问他："既然凉面这般好，为什么隔壁还会有一家卖热面的呢？"

　　他的脸微微发红，柔声道："每个人的口味都不相同，可能有些人与生俱来就是来和我作对的，有热面情怀吧！"

　　吃完他的凉面，我感觉热毒已解，还想去感受热面。那里的店主是个姑娘，年纪和他差不多，我要了碗热面，问："你这热面真有除暑辟邪、温暖心田的效果？"

　　她和他的回答如出一辙："你没听过'冬至馄饨夏至面'的说法？夏至的热面又叫'锅挑儿'，这一天吃它早已成了习俗，而它之所以能成为习俗不仅是因为它的味道，更重要的是它有消暑辟邪、温暖心田的作用。"

　　她和他说话的语气口吻太像，我总觉得他们之间有某种关系，为了验证我的想法，我又问了第二个问题："既然热面这般神奇，为何隔壁还有一家卖凉面的呢？"

她和他的反应一样，脸微微发红，声音也轻柔起来，回答我的话更是一模一样："每个人的口味都不一样，可能有些人与生俱来就是与我作对的，有凉面情怀吧！"

我没忍住，扑哧一笑，她店里的姑娘也笑了起来，她睁大眼睛一边瞪她，一边问我笑什么。

我说："你和隔壁的店主一定认识吧！"

她的脸更红了，告诉我她才不认识他，她店里的姑娘笑得更欢了，说他们何止认识，简直是冤家。

她阻挡不住姑娘告诉我他们的事情，索性走到店外。姑娘说她与他相识是八年前的夏至。

那会儿和今天一样火热，他们去了同一家面馆吃面，他点了凉面，她点了热面，可不知怎么，服务员将两人的面端错了。

"怎么是热的，我最讨厌吃热面了！"

"怎么是凉的，我最讨厌吃凉面了！"

几乎是同时，两人高昂的声音在店里响起，而且紧接着还有一堆为何讨厌的理由，当服务员赶来给他们换的时候，他们的注意力已经从面转移到了人身上。她说他不该说热面的不是，热面是夏至的习俗；他说她也不该说凉面的不是，凉面也是夏至的习俗。两个人理论半天，不分胜负。

后来，他们特意打听了彼此的信息，将这场较量转移到学校，演变为凉面和热面在味道上究竟谁更好吃，在夏至习俗中究竟谁的分量更重的一场辩论赛。只是遗憾的是，这场辩论赛还是没有输赢，她说他固执得不可理喻，他说她执拗得人神共愤。

再后来，凉面和热面的问题在他们中间升级，她喜欢的，他讨厌，她讨厌的，他喜欢。不过关于他们是如何得知对方的喜好，大家都不知道。大家知道的是她和他都和以前不一样了，他们的喜好与讨厌让大家傻傻分不清楚。

他们说他与她很像电视里的欢喜冤家，按照剧情发展，最后她与他是要走到一起成为一家人的。他说这是他听过的全天下最大的笑话，她说就算全天下的男人都名花在手，她也决不会和他走到一起。

毕业后，大家换着法子劝她和他去一个城市，她说有他的地方就没有她，他要是去最南边，她就去最北边。结果他真的去了最南边，她也真的去了最北边。大家只能替他们惋惜，只是大家不知道的是，在分开那年的夏至她和他先后去了他们相识的那家面馆，他点了热面，她点了凉面，都吃得一干二净。

她和他从不主动联系对方，却都时刻关注着对方所在的那个城市，还经常从侧面打听对方的消息。

那一年夏至，她听到他那个城市预报有台风，想都没想便飞了过去，而他则在新闻里看到她那个城市遇到了数十年不见的强降水，便二话不说飞到了她那里。他们没有看到对方的身影，很是担心，情急之下第一次拨通了对方的电话。

他们得知对方正在自己的那个城市，一时间居然不知道该说些什么，他说："我们约个地方见一面吧。"

她说："为什么要见面？"

他问她："是不是怕见到他？"

于是他们约了一个中间点，就是现在这个地方。他问她吃什么，她说夏至当然吃热面，他说热面有什么好的，热烘烘的，她说她喜欢。他叹了一口气，点了凉面。

面吃完了，他们依然坐在那里，谁也没有离开的意思。后来她不知怎么地说了一句："其实在这里开家面馆也蛮好的。"

他问她："那如果我在这里开一家冷面馆，你敢不敢在隔壁开一家热面馆，每逢夏至，我们就来比一比谁的生意更好？"

她说有什么不敢比的，于是便有了现在这两家面馆。

我问姑娘他们有没有分出胜负，姑娘摇头，说本来他们还说定输的那个人要向赢的那个人说一句发自肺腑的真心话，现在看来那句话不知要等到何年何月了。

我说应该快了吧。姑娘问我何出此言，我也问自己何出此言。

或许是因为夏至吧，"冬至馄饨夏至面"，无论凉面还是热面，都是夏至的习俗，作为习俗它们本就是一体的。

也或许是因为那香味吧，晚风吹来，凉面的香、热面的香是混在一起的，远远地，人们嗅到的香味不是她的也不是他的，而是他们共同的。

晚来风去吹香远，这香是凉面的，这香也是热面的。不过无论凉面还是热面，它们都是属于夏至的，它们是一家人，是与生俱来的一家人。

暮色催人雨恰晴

一碗夏至羹，浓浓夏至情，

这情跨越千古，跨越时空。

我准备去长沙的时候，小妹告诉我长沙的天气多变，一周可以过完四季，要小心为上，我说西藏的天气也多变，可还不是没有一塌糊涂，一个城市的美在于它本身，与天气何干。

事实证明我太低估长沙的天气了，一场持久的中雨让我连欣赏美的机会都没了。整日待在旅馆里，闷得发慌。

无聊之际，敲门声响，开门，一阵清香扑鼻而来，眼前端着碗的老板娘正笑意盈盈地看着我："今日是夏至，给您尝尝我做的夏至羹。"

她轻柔的声音外加夏至羹沁人心脾的清香，大大减轻了我的烦躁。我道谢，她离开。她离开后，我迫不及待尝了一口。

虽是羹，里面却还有丸子，闻起来有植物的味道，吃起来清凉舒爽，有一种别致的温馨。

夏至羹吃完了，外面的雨还在下，我想着既然出不去，不如去找老板娘学个手艺。看到她时，她正捧着一本书在看，那书是全日文的，我有些惊讶，问她："你懂日文？"

她将书轻轻放下，对着我俏皮一笑，她说："我何止懂，可以说是精通，它是我的母语呀。"

我仔细打量了她，哪里都不像是个外国人，她轻笑说："现在已经是中国人了。"

我经常在网络上看到异国情缘，没想到今日竟碰到了，我说他一定很特别，才能让她不远万里跨越国度追随到这里。

她说其实他也没有什么特别，不过做得一手好喝的夏至羹。她告诉我她与他是在日本相识的。那时他在日本开了一家中式餐厅，而她对中国的文化包括饮食都很感兴趣，于是经常光顾他的餐厅。

那日是夏至，她像往常一样去那里吃饭，他们送了她一份夏至羹，她只喝了一口便迷上了，淡淡的植物香氤氲在心间。

她想知道是怎样的一个人才能做出这么好喝且迷人的羹来，于是她见到了他，他给她的第一印象和夏至羹很像，清新迷人，自带吸附力。

她向他讨教那夏至羹是怎么做出来的，他告诉她想要做好一样东西必须要了解那样东西，美食也不例外，他带她了解了夏至羹。

他告诉她夏至羹是夏至的节令食品，在中国像它一样的夏至食品还有夏至饼、夏至面等。它们本是吃食，但是因为和节令走到了一起，所以便成了一种文化，一种属于中国的传统节气文化。

有着文化外衣的夏至羹有属于它的内涵，有谚语"吃了夏至羹，麻石踩成坑""夏至吃个团，一脚跨过河"，有力大无比、身轻如燕的寓意。它的做法有很多种，她现在吃的是长沙的做法，主要原料是糯米粉和鼠曲草……

她向来对中国文化很感兴趣，可是从他口中说出来的，她却怎么也无法听到心坎里去，记住的只有他的声音、他的模样、他的气息。

她不知道他是什么时候讲完的，讲完的时候外面突然下起了雨，他借了一把伞给她，将她送到外面。

是那把伞给了他们再次靠近的机会，一向讨厌雨天的她从此喜欢上了雨天，甚至觉得雨天比晴天还美。就这样一来二去，她与他熟悉很多，她经常向他请教中国的一些文化，他总是不厌其烦地将自己所知全数告诉她。

有些东西是越靠近越喜欢，他之于她便是那样。她的性子很直爽，觉得喜欢就要告诉对方。于是在次年夏至，她给他做了夏至羹并向他表白："我喜欢你，你愿意娶我回中国吗？"

他喝了她的夏至羹，对她说："你这个夏至羹做得不太地道，不过没有关系，等以后到了中国，我还有很多时间教你。"

我说她的爱情和这夏至羹给我的感觉一样，温馨、美好。

她问我夏至羹做得如何，是否够地道，我说地道得不得了，让我觉得窗外那阻挡我出门的雨都很美好。

　　她说雨本来就很美好，它和晴都是天气的一种，晴有多美好，它就有多美好。

　　不知不觉，钟表的时针已经快指向"7"了，已是暮色，外面雨还在滴答作响，丝毫没有停的意思。不过它停不停已经没有关系了，因为"暮色催人雨恰晴"，此刻雨恰似晴，雨和晴一样美好。

　　一碗夏至羹，浓浓夏至情，这情跨越千古、跨越时空。

小暑：上蒸下煮汗淋漓

独坐黄昏观夕阳

江南可采莲，莲叶何田田。

莲生小暑间，小暑吃藕片。

你戏莲叶东，我戏莲叶西，一曲《越人歌》，姻缘一线牵，牵在小暑天，我们吃藕片，幸福又美满。

不知听谁说江南的荷花有一种别样的美，很值得一看，我就信了，为了看那别样的荷花，特意走一遭江南。

我到江南，恰逢小暑。那时没有烟雨蒙蒙，天气很热，空气很闷，我怕坏环境影响了赏荷花的心，特意等到黄昏时分才出门。

到了荷塘，未细赏荷花，却被夕阳吸引，那一抹红有浅有深，有橙有金，

层层叠叠，比彩虹更有意境，我情不自禁为它驻足。

我是顺着夕阳的光看到原本的主角，它照在零落而开的荷花上、水面上，花水一色，金光闪闪，确实别致。

我想泛舟河面，挨着花，靠近水，沐浴夕阳，却不知已有人想我所想。

江南可采莲，莲叶何田田。莲生小暑间，小暑吃藕片。你戏莲叶东，我戏莲叶西，一曲《越人歌》，姻缘一线牵，牵在小暑天，我们吃藕片，幸福又美满。

本就轻快喜人的《江南》在他们的歌唱中又添了一抹幸福的味道。

我是先听到他们的歌声，才看到他们的人。夕阳下，他们自带光芒，嘹亮的歌声响彻花间，那画面可比此时黄昏的夕阳。于是乎，我的视线由夕阳移向他们。

我坐在那里一边看夕阳，一边等他们靠岸。

他们靠岸，先我一步说话，她说："这里有一个人在独坐黄昏看夕阳。"他说："这夕阳确实值得一看，不过我们的莲藕更值得一尝。"

我没有尝他们的莲藕，我告诉他们我不仅仅在看夕阳还在等他们，我想知道他们是如何将《江南》唱出幸福的味道。

他让我先吃他们的藕片，他说小暑的藕与平日的藕不一样，它有觅得佳偶、美满幸福的意味，他们的故事和这首《江南》的故事都是从小暑的藕开始的。

彼时，也是小暑。他像我一样独自坐在这里看夕阳。她恰好泛舟在这河塘，她穿的是汉服，撑的是独木舟，原是想着寻找一种古典的意境，不想自己的技术不怎么过关，船左摇右摆，始终不前。

她有些着急，想找个人帮忙，可是又不甘心就这样破坏了自己原本预设的美妙意境，左思右想，心生一计：用她的好嗓子唱一曲自己最喜欢的《越人歌》。她想若歌声能引来"贵人"甚好，若引不来，穿越时空做一次越人也不枉今日之行。

"今夕何夕兮搴舟中流，今日何日兮得与王子同舟。蒙羞被好兮不訾诟耻。心几烦而不绝兮得知王子。山有木兮木有枝，心悦君兮君不知。"她的歌声绕梁、清脆优美，打动了他。

他循声而去，看到穿着汉服的她，以为那是从画中走出来的美人，直到他发现她的船在原地不停地打转，他才意识到眼前的一切是真实的。

他赶忙上前帮忙，替她解了围，她向他道谢并拿出船上仅有的藕给他吃，那是蜜汁藕，甜丝丝的。

他说小暑吃藕是有特殊含义的，问她是否知道。她说荷出淤泥而不染，藕亦如此，象征清廉高尚的人格。

他轻笑，告诉她小暑吃藕还有一层含义，因"藕"与"偶"同音，所以有觅得佳偶、婚姻美满的意味。

她当然知道小暑吃藕有这层意思，却没想到给自己制造了这尴尬。

他问她是否有心上人，她摇头。他说这样甚好，他来的时间还不算晚。她的头更低了，连恋爱都不曾谈过一次的她哪里经历过这么赤裸裸的表白，一时不知该说些什么。

"今夕何夕兮搴舟中流，今日何日兮得与王子同舟。蒙羞被好兮不訾诟耻。心几烦而不绝兮得知王子。山有木兮木有枝，心悦君兮君不知。"他又唱了一遍她方才唱的《越人歌》，他的声音浑厚有磁性。

她说他唱得真好听，他说因为有一个值得他用心去唱的人在身边。她方才抬起的头又低了下来。

他说她也唱得很好听，不知是不是也因为有一个值得她用心去唱的人就在附近。她说不是。

他问她喜不喜欢他，她摇头；他问她讨不讨厌他，她亦摇头。他说不讨厌就好，不讨厌他就有信心教会她体验有一个人在心上的感觉。

> 江南可采莲，莲叶何田田。莲生小暑间，小暑吃藕片。你戏莲叶东，我戏莲叶西，一曲《越人歌》，姻缘一线牵，牵在小暑天，我们吃藕片，幸福又美满。

他当着她的面又唱了这样一首歌出来，优美的曲调将她带入梦境，在梦中，她对他说开始有些喜欢他了。

他笑了，他说这首歌为他而唱，也为她而唱，更为他们而唱，他相信今后的每一个小暑，他们都会像相逢这天一样，一起泛舟在这河塘，一起吃藕片，一起唱这首属于他们的歌。

果然，他没有说错，从那以后的每一个小暑，他们都像这天一样。

窗下有清风

世人大多只知小暑炎热，却不知在这炎热之外也满是诗意，

如窗下有清风，清风有书画，

书画属小暑，小暑可晒伏。

小暑天气燥热，大家汗流浃背，于是他们决定去外面的冷饮店喝杯冷饮，顺便蹭个空调。他说让大家先走，他去把窗纱拉上。

她穿着古典的纱裙站在他们的窗下，身边摆了五颜六色的画，旁边虽有一棵大树，可是空中那毒辣的太阳岂是一棵大树可以挡得住？

印象中女孩子都怕太阳把自己晒黑，可她那悠哉游哉的样子，似乎完全没有一丁点儿畏惧的意思。

他虽然看不到她额头滴落的汗珠，却能看到她抬起手擦拭额头的样子，柔柔的，让人禁不住生发怜爱之心。

　　他忘记同一宿舍的他们还在下面等着他，伫立在窗边迟迟不离开。他们等急了，上楼叫他，他仍旧呆立在窗边，他们问他为什么还不下去，站在这窗边干什么？

　　他顿了顿，告诉他们窗下有清风，凉凉的，吹在脸上很舒服。

　　"清风？"他们大声嘲笑他，说就窗外那点儿小风还不够太阳塞牙缝的。

　　"谁在叫我？"窗下的女孩突然将头抬了起来，朝他们宿舍的方向看了过来，他站在那里恰好看到了她的脸，五官小巧精致，和她的声音一样柔，一样惹人怜爱。

　　"我是清风，谁在叫我？"她像深山里的一个呐喊者，他听着她的声音，想着她一定用了很大的力气。

　　他将窗子打开，将头探到外面："你叫清风？"

　　她看向他，使劲点头，眼睛仿佛更大更亮了。

　　他说："你的名字真好听。"

　　她的嘴咧得更开，笑得更加开心。

　　这时他们好像看出了什么，一个个都将手搭在他的肩膀上，轻声嘟囔："原来这才是你看的'清风'啊！"

　　他不理他们，继续和她说话，他问她为什么要将画拿在太阳下面晒，她说这样说话很费劲，问他能不能下来听她讲。

他飞快跑下楼，来到她身边，得知她已经连着在这里晒了好几天，并说小暑时节晒书画是古时的一种习俗。

除了书画，以前的人还在这一天晒衣服，那会儿有"六月六，人晒衣裳龙晒袍"和"六月六，家家晒红绿"的谚语。习俗中它叫"晒伏"，说是在这一年中气温最高、日照时间最长、阳光辐射最强的日子里晒一晒衣服和书画，可以去潮，去湿，防霉防蛀。

她说了这么多，他记得最清楚的是她已经连着在这里晒了好几天这一句，他说她都在这里晒了好几天了，为什么他没有看见。

她闻言，低头摆弄她的画。

他又问她为什么不晒衣服，她说对她来讲衣服远没有画重要。

他陪她待在那里，听她讲摆在那里的每一幅画。

太阳慢慢离开，他帮她把那些画小心翼翼地收起来。他送她回宿舍，沿途经过一个风口，风口处恰巧也有大树，他说下次他们可以来这里晒画，一定比他楼下凉快一些。

她说她早就看到这个凉快的地方了，只是她想离仰慕的人近一些，好让他可以看到她。

她的声音很低，可是他还是听到了，心里顿时一阵失落，他问她仰慕的人是哪个，或许他可以帮她。

她看着他，告诉他她仰慕的人是学中文的，经常在校报上发表各种文章，而且经常出现在篮球场上……

　　她一点一点从特性说到具体事件，他终于明白她仰慕的人就是自己，心里的失落变为惊喜，脸上的愁容散开，笑容浅浅显露，他打断她："原来你仰慕的人是我？"

　　她将头低下，不再看他，他傻乎乎地笑了好一阵儿，他说小暑真热，还好有清风陪在他身边；他最怕热了，希望今后的每一个小暑都有清风陪在他身边，也希望以后的小暑他能陪着清风一起晒她的画，也晒一晒他的书。

　　于是后来的日子里，他们一个人捧着书，一个人拿着画板，经常在校园的一角出没，偶尔他在她的画上题一首诗，她在他的书中画一幅画。而后来的小暑，学校里也多了一道靓丽的风景线：俊男靓女，晒书晒画。

　　也是因为这个故事，我才能在这个酷热的小暑里邂逅这道美丽的风景线。这时，他们已经走出了校园，他仍然看书写字，她仍然研墨作画，不同的是小暑里他们晒的书画已经完全融为一体，他的诗中有她的画，她的画中有他的诗。

　　我说清风这个名字与她真配，无论是在这酷热的天气还是在这复杂的社会，他们都是一缕惹人心醉的清风。

　　他说"窗下有清风"是他这辈子说过的最美好的话。我看着他们，觉得炎热中满是清爽，清爽的感觉真好。

　　想来，世人大多只知小暑炎热，却不知在这炎热之外也满是诗意，如窗下有清风，清风有书画，书画属小暑，小暑可晒伏。

大暑：热气腾腾雨如金

公子门前人渐疏

他说大暑船的前世很遥远，
她说大暑船的今生浪漫；
他又说大暑船的前世保平安，
她又说大暑船的今生也牵姻缘。

那年大暑，我到台州去看那里的送"大暑船"活动。传说这活动由来已久，内容不仅多而精彩，还富有特殊的民俗风情与意义，很容易让人心动。

我是奔着"心动"去的，可是那天人很多，天很热，再加上自己身高有限，看到的远不如听到的多。一想到这大热天的长途跋涉，我就心有不甘，于是打电话向朋友抱怨，朋友说我傻，找个当地的人单独向我演示一遍多好。

　　朋友的话给了我提示，虽然单独表演是无稽之谈，但是单独讲解一下民俗风情却是可以有的。为此，我特意找了一位当地人，向他询问这送"大暑船"的点点滴滴。

　　他说我找错人了，然后他将我带到他口中那位最了解送"大暑船"活动之人的面前。

　　那是一位年轻的小伙子，为人很热情。他告诉我关于送"大暑船"的一切很长很长，不适合在这太阳下叙述和倾听，问我是否介意到他家里去做客。我倍感荣幸。

　　说来不巧，他到家时，有几位朋友正在等他。看到我，他们好似有些意外，他们唤他公子，说他这里已经很久没有客人了，特别是女客。

　　我这才意识到自己一个女孩子到一个陌生男子家里做客很唐突很不妥，正欲给他道歉，却被另一个声音打住："公子门前'人渐疏'的场面可不是现在才有的，那是从夫人出现以后就开始了。"

　　我有些迷糊，问他们："这里原来很热闹吗?"

　　他们点头，说以前岂止是热闹，简直可以用"门庭若市"来形容了，特别是大暑这一天，人们送完"大暑船"后，大都在这里呢。只可惜公子有了夫人之后，他们着实受不了那一对璧人的甜蜜，渐渐地都识趣不来了。

　　我想知道是怎样的一种甜蜜可以甜到让人受不了。公子率先讲起了他与夫人的事情，他说他与她的事和"大暑船"的事可以并为一件事。

那会儿他刚读研回来，几个发小见到他的第一件事就是告诉他村里新搬来一家人，里面有个姑娘长得特别漂亮，堪称村花。

他不是外貌协会成员，对美女没什么兴趣，但是那些发小像着了魔似的，天天在他耳边唠叨，甚至在那年的送"大暑船"中将他拉到她的面前。

那时她身边围了很多人，他没有看清楚她的模样，却清楚地听到了她的声音，那声音又甜又脆，正在诉说着"大暑船"的前世今生。

送"大暑船"的前世距今已经很久了，那是清朝同治年间，沿江一带的大多数人依靠捕鱼为生，可是大暑时节，雨水泛滥，江面最是不太平，亡魂颇多，这令大家很头疼。于是人们在江边建造了五圣庙，并在大暑这一天用船只载上贡品对其供奉祭拜，然后将那载着贡品的船只送到椒江口外，以求捕鱼之安。

送"大暑船"的今生，我们成了见证者，在习俗的洗礼中，在时间的沉淀中，它比之前美了许多，船着一身蓝衣，上面绣着红色花纹，里面设有神龛、香案，载有猪、米、酒等供奉祭品……

以前，他总是觉得送"大暑船"这活动特别烦琐，可现在从她的口中他感受到了送"大暑船"的神圣与壮美。

他上前问她是如何知道这么多的，她说她生在水乡，又怎会不知属于这水乡的习俗，她还告诉他每年的送"大暑船"她都参加，每一次"大暑船"顺江而下、越来越远的时候，她都会静静地望着它，许下愿望。

他问她都许了什么愿望，她说这辈子除了"大暑船"她只会对她生命中最在乎的那个人讲。

他"哦"了一声，又问她的愿望是否都实现了，她说这件事也只能对她生命中最在乎的那个人讲。

他笑了，问她有什么是可以和他讲的。他也不知为何，总想让她对自己说些和她有关的东西。

她说只要他愿意做她生命中最重要的那个人，她的一切都可以讲给他听。

他怔了一会儿，告诉她可以试试。于是她告诉他这两年她向"大暑船"许的愿望是可以在"大暑船"的活动中遇到她生命中的王子，这个愿望在今天遇到他时实现了。

后来她与他就经常成双成对地出现在大家的眼前。

不过这情形大家还能忍，不能忍的就是大暑这一天，她与他聊的全是"大暑船"的前世今生，他一句"大暑船"的前世很遥远，她一句"大暑船"的今生浪漫，他再一句"大暑船"的前世保平安，她再一句"大暑船"的今生牵姻缘……

她与他感情饱满，他们却只能干瞪着眼，一句话也插不上，于是公子门前原有的热闹慢慢消失不见，成了如今的"公子门前人渐疏"。

我说这样的幸福确实不该被打扰，这是我见过的最美丽的门庭冷落，愿"大暑船"保佑世间人都可以得到一份美好的爱情。

他说"大暑船"会保佑的，他会保佑每一个有心人都拥有一份美好的爱情。

时有微凉不是风

"时有微凉不是风"，以前喜欢它是因为杨万里。

他说："夜热依然午热同，开门小立月明中。竹深树密虫鸣处，时有微凉不是风。"皎洁的月光、浓密的树荫、婆娑的竹林、悦耳的虫吟……

现在喜欢它还因为仙草，"六月大暑吃仙草，活如神仙不会老"里的仙草。

那年大暑，她在佛山，慕名去了那家小店品尝友人口中"不喝会终生遗憾"的仙草奶茶。只是奶茶喝完了，她却并未看到仙草。

她虽对吃喝并不在意，可是既然来了也不能白来，便问老板为什么给她的仙草奶茶里面没有吃到仙草。他有些懵，说那不可能，他们家只有仙草奶茶，哪里会不放仙草？！

　　她又看了看自己已经喝完的杯子，里面确实什么也没有，心下更加肯定，说她的那杯里面就是没有放仙草，她已经喝完了，除了一些吃起来肉肉的、嚼起来很舒服的东西之外，什么也没有。

　　他扑哧一笑，说那些吃起来肉肉的、嚼起来很舒服的东西就是仙草。

　　她分外吃惊，问他："难道仙草不是一种草吗？"

　　他告诉她仙草又名凉粉草、仙人草，属于草本植物，确实是一种草。只是作为吃食，这草是要经过加工的，需将它的茎叶晒干，然后做成烧仙草。这烧仙草大体分为冷、热两种吃法，但若再细分开来，吃法颇多，这仙草奶茶便是其中一种。

　　她对吃的向来不感兴趣，这次来喝仙草奶茶本是冲着"终生遗憾"这四个字来的，没想到闹出了这样的笑话，心里很是尴尬，连连向他赔不是。

　　他倒是并不在意，问她奶茶好不好喝。她连连点头，说挺香的。他问她除了香还有没有别的什么感觉。她搜肠刮肚，着实想不出什么词来，只能再次赔礼，说她对美食不怎么有研究。

　　他说美食不需要研究，只需要用心去感受，他又给她拿来一杯仙草奶茶，让她细细品味，这一次她一点一点慢慢喝了起来，她说感觉很特别，有一种清风吹来的丝滑与凉爽。

　　他笑了，那笑容格外灿烂，说他每次喝完仙草奶茶也有这样的感觉，他给这种感觉起名叫：时有微凉不是风，是仙草。

她说这个描述好极了，特别是那句"时有微凉不是风"。他问她想不想知道为什么他的仙草奶茶会有这么美妙的感觉。

她点头，他对她说这一切全部要归功仙草，它属凉性，有着神奇的消暑功效，所以会让食之者有一种清风吹来的凉意，这凉由心而来，无比惬意。仙草还是他们那里大暑时的节气食品，每逢大暑人人都要吃仙草，当地还有"六月大暑吃仙草，活如神仙不会老"的民谚。

她惊讶不已，小小的一株草居然牵引了这么多的线，她对它有一种相见恨晚的感觉，她说若是能早些遇见这仙草就好了。

他说她也是他开店以来遇到的第一个给了他机会将自己知道的有关仙草的一切表述出来的人，他一直想找一个有缘人分享这些东西，不想今日才等到，他要是能早些遇见她就更好了。

她看着他，五官清秀，竟也有一种清风吹来的感觉，一时有些恍惚，竟想着他有可能是仙草幻化出来的。她伸手去捏他的下巴，想探一探他的真假。

他轻轻握着她的手，说窈窕淑女，君子好逑。

她如梦初醒，意识到自己的不妥，赶忙将手从他手中抽开，只低下头道："我最怕热了。"

他说从今往后，对她来说"热"这个字将永远不会出现在"最怕"的后面。

她问他是不是每一个挥汗如雨的时刻都能时有微凉，他点头，说他会让每个挥汗如雨的时刻都如今日，亲手给她做仙草奶茶。

她说她不仅想喝仙草奶茶，她还想看看仙草长什么样子，想吃所有用仙草制作出来的食品。

他说她的要求实在太简单了，从明天开始他就入手学做别的仙草食品；至于看仙草，他要先打听好哪里可以看到，再陪她一起去。

今日很巧，也是大暑，我到这里没有慕名，是随意中的一种缘分。只是我未曾看到当日那个只卖仙草奶茶的小店，眼前的仙草制品一应俱全，我坐在里面，一边品尝烧仙草、听故事，一边感受属于他们的"时有微凉不是风"。

我说在很久以前我就喜欢"时有微凉不是风"这句话，那时喜欢它是因为杨万里的《夏夜追凉》："夜热依然午热同，开门小立月明中。竹深树密虫鸣处，时有微凉不是风。"皎洁的月光、浓密的树荫、婆娑的竹林、悦耳的虫吟……这样的画面光是想一想就觉得心情舒畅、心中清凉，所以在心里，真正的"时有微凉不是风"就应当是这样子的。

不过今日之后我喜欢"时有微凉不是风"又多了一个缘由——仙草，可以降温消暑的仙草。"六月大暑吃仙草，活如神仙不会老"，我想从今往后这句民谚我也会永记心间，而从今往后的每一个大暑我也会去吃仙草，听一听关于它的更多的故事。

不知那些故事中会不会也有这句：时有微凉不是风，是仙草？

第三辑

秋：秋意浓浓，一点芭蕉一点情

月下清风，那边瓜田有窸窸窣窣的摘瓜声，这边屋内一家人围在一起吃西瓜；
红日当空，瓜棚不远处的树荫下，三三两两，都在啃西瓜……
摸秋、咬秋、啃秋就这样聚齐了。

立秋：一夜新凉是立秋

梧桐叶，渐渐落

眼前，梧桐叶，渐渐落，关于它的故事就这样结束了。

眼前，他将楸叶卡在耳畔，她将楸叶插在发间，他们的故事开始了，永远不会结束。

那么立秋戴楸叶这习俗呢？我想也一定如他们的故事一样，永远不会结束。

我一直以为，如今"折枝楸叶起园瓜"这样的画面，只能在古书中看到了，却不想会在开封尉氏这个小镇偶遇了。

他的楸叶卷成筒状夹在耳畔，她的楸叶折成花状插在发间，他与她手挽

手、肩并肩走在我的身前，举手投足的甜蜜我全看得见，仗着自己走了一些路，听了一些故事，我笃定她与他的缘分定是从楸叶开始的。

她否定了我的笃定，说她与他始于梧桐叶。

因为一个人爱上一片叶，她爱上那个人便是如此。她遇见他那天是立秋，他拿着画板在梧桐树下作画，骑着单车的她被他所吸引，为他驻足。

他正画得投入，几片梧桐树叶却落到他手边捣乱，她想上前几步帮他捡走那梧桐叶，可他好像并没有被那些叶子所影响。他停下作画，慢慢将那几片梧桐叶捡起，他的动作很轻柔，她想他一定是一个暖男。

他将梧桐叶拿到眼前端详了好久，方才放下，然后继续作画。她想看他画的是什么，靠近一些，看到了几片梧桐叶，他画的梧桐叶逼真极了，有几分动态美，她想他一定很喜欢梧桐叶。

于是，当她决定走到他面前表白的时候，手里便拿着梧桐叶。她问他可不可以做她的男朋友，他说他不喜欢她这种类型的女孩，她说还未曾交往，怎知他不喜欢她，他说有时候喜欢是一眼的事，不喜欢也是一眼的事。

他走了，她不甘心，仍旧日日在梧桐树下等他，可他再也没有出现过。她还是不死心，开始学画梧桐叶，她想着等下次再见到他时，一定让他看到她为他画的梧桐叶。

不过他再次出现在那棵梧桐树下时已是下一个立秋，他的身边多了一位女子，他们卿卿我我，甜蜜无比。

这是她第一次喜欢上一个人、第一次表白、第一次为一个人认真地学做一件事，可是还没有开始就已经结束。她无法接受，心里从此打了一个结。那个结让原本活泼的她突然安静下来，时常坐在那棵梧桐树下盯着渐渐落下的梧桐叶发呆。

身边这个他，遇到她的时候也是立秋，那时她正坐在梧桐树下，梧桐叶落在她的脸上盖住了她整张脸。

他上前替她拿开脸上的梧桐叶，打趣道："这么美的一张脸，不应该让落叶给盖住。"她勉强一笑，说她这张脸远远不及梧桐叶美。

他注意到她看梧桐叶时那绝望的眼神，料想这里定有她的伤心事，便随意将话题转移，他问她今天是什么日子。

她说立秋，重复了好几遍。"秋"这个字总有些凄凉，他正努力搜寻一些愉快的话题，恰好看到一片楸叶随风落下，便道："立秋应该亲近楸叶的，干吗待在梧桐树下呢？"他想将她从梧桐树下拉起，她却认真起来，问他楸叶和立秋是否真的有关系。

他看她神色好转，便顺着她的话说了下去，他说楸叶是立秋的标志，立秋亲近楸叶是一种风俗。

她好像看出他在胡诌，当即要上网查阅，他阻挡不住，只能一边看着她查阅，一边想着怎么圆谎，可令他没有想到的是，楸叶居然真的和立秋有关

系。古时戴楸叶确实是立秋的一种习俗，人们用这种方式来迎接秋天。

　　他悬着的心放下了，看她脸上多了一丝笑意，他更确信自己的方向没有错，他说："楸叶不仅美，还是立秋节气之叶，何必总盯着那令人不快的梧桐？"

　　她没有生气也没有接他的话，只问他："你有没有迎接过立秋，用戴楸叶的方式？"他摇头，她问他想不想和她一起试一次。

　　于是，他与她起身，来到那楸树下，一人捡了一片楸叶，他插在耳畔，她插在发间，一起迎接秋天。

　　她已经很久没有这般疯狂开心过了，她说楸叶真好，他说迎接秋天也蛮好的，他问她下个秋天还愿不愿意和他一起迎接秋天。

　　她回头看了一眼，梧桐叶还在往下落。他说梧桐叶已经渐渐落了，关于它的

一切也该随着叶子的凋落而结束了，而秋天才刚刚开始，关于它的一切还长着呢。

　　她咯咯一笑，说："可是我们对楸叶的了解还是太少了啊！"

　　他说："那没有关系，我保证下次再见到你的时候，我对楸叶的了解和对自己的了解一样深。"

　　她说："那好，那我们下个立秋再见。"

　　次年立秋，她没有站在梧桐树下，而是站在楸树下，他靠近她，告诉她楸叶外形是圆润版的三角形，味苦，性凉，有消肿拔毒、排脓生肌的功效，因其与"秋"同音，所以古时人们把戴楸叶赋予了迎接秋天的意蕴……

　　她打断了他的叙述，说梧桐叶已经渐渐落下，关于它的一切结束了。

　　他说既然关于梧桐叶的一切已经结束了，那关于楸叶的一切是不是可以开始了？她说她不想开始一个不确定结局的开始。

他说楸叶的开始就是结局。她问他凭什么这般信誓旦旦，而她又凭什么相信他的信誓旦旦。

他略加思索，给了她答案："凭我们识于立秋，缘于楸叶，而戴楸叶是立秋的习俗，是我们相识结缘最好的见证。"

眼前，梧桐叶，渐渐落，关于它的故事就这样结束了。

眼前，他将楸叶卡在耳畔，她将楸叶插在发间，他们的故事开始了，永远不会结束。

那么，立秋戴楸叶这习俗呢？我想也一定如他们的故事一样，永远不会结束。

阳蝶花，缓缓开

月下清风，那边瓜田有窸窸窣窣的摘瓜声，这边屋内一家人围在一起吃西瓜；

红日当空，瓜棚不远处的树荫下，三三两两，都在啃西瓜……

摸秋、咬秋、啃秋就这样聚齐了。

自打第一次看到阳蝶花，她就被迷住了，那紫那黄那白，以及周围那四

个圆形的斑点全都冲着她痴痴地笑，那笑自带魔性，一下子将她变为泰戈尔

诗中那个无知的小女孩。她说："第一次见到这个小小的草本植物，自己还是个无知的小女孩。莫名地喜欢，觉得它是世界上最美的花。"

她打心眼儿里想要拥有它，于是当即向主人家借了种子，主人告诉她这阳蝶花又名三色堇、蝴蝶花、人面花、猫脸花，播种后大概两个月后便能开花，花期在农历四月到七月。

现在是四月下旬，正在花期，她开心无比，回到家就将种子全数撒到后院的那块空地里。

她格外上心，又是查资料又是请教他人，浇水护养一点也不含糊，只盼望着两个月后的花开。

终于，立秋那天，几朵阳蝶花率先盛开了，她开心地坐在那里看了好久，她用手轻轻抚了抚它的花瓣，那柔柔的感觉如触摸婴儿的肌肤，舒服极了，她想明天这些阳蝶花一定会开得更多。

她带着对明天的期盼和向往进入梦乡，梦中有人把她的阳蝶花全都摘了，她一下子坐了起来，虽是梦，她却依旧不放心，起身到后院去看。

后院真的有人，在她种的那片阳蝶花附近，她将灯光朝那里照过去，那人迎着灯光看过来，那是一张陌生的面孔，她不认识。她问他是谁，为什么会在这里。

他说她是这里的客人，晚上睡不着出来转悠，不经意看到了这片阳蝶花，

便顺手采了几朵。

"你居然偷我的阳蝶花！"她怒气冲冲地走到他身边，一副兴师问罪的样子。看她那样生气，他赶忙将手中的阳蝶花递给她，她没有理会他，将灯光照向阳蝶花，今天开得几朵已经所剩无几，她伤心地哭起来。

他不知所措，说好话哄她，她哭着指责他："我们家在这里开农家乐十余年，接待客人无数，却从未见过你这会偷东西的客人。"

她这话有歧义，而且声音颇大，他生怕吵醒了别人，徒添是非，便开始以理服人，他说他那不叫偷，是摸秋。

她还是不理他，他以为她不懂什么是摸秋，随即向她解释起来，他说摸秋是立秋的一种习俗，就是在立秋这天晚上，人们可以随意在别人的瓜园里面摘瓜，这摘不叫偷，叫摸秋，即便被主人发现，也不会有什么事情。

她说他一定是在扯谎骗她，天底下哪有这样的习俗。他当即拿出手机搜索给她看，她没想到在盐城还真有这习俗。

许是这习俗太有趣了，让她的气消了七八分，只是心底还在心疼自己的阳蝶花。她说就算是摸秋，那摸的也是瓜果，哪有摸花的。

他说都怪她的阳蝶花太香太美，一下子将他的鼻子和眼睛都吸引住了，所以他才一时没有忍住摘了几朵。

他语气诚恳，说得中听，她格外受用，也不再生气了，她问他："你们那里怎么会有如此奇怪的立秋习俗？"

他说那习俗自元代就有，如今在他们的眼中已经成了文化，没什么奇怪的。他还告诉她，在山东，立秋这天人们有吃饺子的习俗，名曰咬秋；在江

南的一些地区，立秋这天还有啃秋的习俗，即立秋当日买个西瓜回家，家人围在一起啃，或三五成群直接来到瓜棚下，找个树荫席地而坐，一起啃西瓜，说是可以防止腹泻。

她呵呵笑了起来，说过了这么多年立秋，她还从来不知道立秋原来这样有趣，她说无论是摸秋，还是啃秋咬秋，她都还未曾见过呢。

他说："不如下个立秋你到我们盐城做客，我带你去摸秋？"

她说："那就这样约定好了。"

次年立秋，他们相约在盐城，他带她去摸秋，她玩得不亦乐乎，他多想时间静止，永远停留在那一刻。

临走时，他约她明年再一次摸秋，她说她还想体验咬秋、啃秋呢。他说："那明年立秋我们一起咬秋，后年立秋我们一起啃秋。"

她说这个提议不错。于是"一波三秋"后，他们发现彼此已经无法面对分开和离别了，他们也不知对方是在哪个立秋住到自己心里去的。

他们在一起之后，他买来很多阳蝶花的种子撒在他家的院里和院外，他说他要和她一起看阳蝶花缓缓盛开，然后将他们细水长流的日子过得如盛开的阳蝶花一样美。

我之所以会来到他们的院子外遇见这么美好的他们，就是因为那一片阳蝶花，此刻我也成了泰戈尔笔下那个无知的小女孩……

我说我好想摘一朵捧在手心。

他们说没关系，今日刚好立秋，就当摸秋了。

我伸手摘了一朵阳蝶花，眼前出现这样的画面：月下清风，那边瓜田有窸窸窣窣的摘瓜声，这边屋内一家人围在一起吃西瓜；红日当空，瓜棚不远处的树荫下，三三两两，都在啃西瓜……

摸秋、咬秋、啃秋就这样聚齐了。

处暑：一度暑出处暑时

走了红蓼，来了相思

走了红蓼，来了相思。
不知明年的处暑，你会在哪里，
会不会遇到满池荷灯，带走你的相思？

那年，我到江南小镇赏景、踩桥、看流水，却偶遇那满池荷灯顺流而下。

我查了日历，这天是处暑，并非祭奠亡魂的七月半，这一池荷灯从哪里来又往哪里去？我躬身靠近水面也靠近荷灯，想从它的身上找到线索，只是线索没有找到，却又看到了另一处景致：那荷灯上放了一串串红红的"玛瑙"，在灯光的映衬下闪着点点光芒。

　　我好想拿一盏荷灯上来细细观赏，可惜它在河面我在岸上，我只能往那源头处走去，但愿它离我不会太远。

　　源头确实不太远，不过七八分钟的路程。靠近她时，她正在专心致志地将那"玛瑙"往荷灯上系。

　　我问她那是什么。

　　她说那是红蓼，植物中的一种。我说那花好红好艳，她说它初开时是淡淡的并非现在这样，只是后来长着长着就艳了起来，好像在爆发生命中的一次呐喊。

　　我问她为什么要将这花放在荷灯上越漂越远。

　　她说漂得越远越好，这样她就可以忘记关于他的一切。她说它的花蕊中藏了一个人，一个让她牵肠挂肚、应该忘记却又无法忘记的亡人，因此她点荷灯纪念亡魂，又将他藏身的红蓼放在荷灯上，希望荷灯将关于他的一切彻底带走，包括她对他的思念。

　　我问她为何要在这处暑点荷灯而不是七月半。

　　"处暑"她喃喃地重复了好几遍这两个字，方才回答我的话："点荷灯也是处暑的习俗。而他恰好也是处暑这天落水的。"

　　我看她那样伤心，本想换个话题，可她却向我讲起了她与他的故事。

　　她说她与他相识在大暑，那时的画面和现在与我相识的画面很像，只是那时放荷灯的是他，看到荷灯的是她，他放的荷灯和她放的一样，上面也放着红蓼。

那会儿她也不认识红蓼，是他告诉她红蓼是植物的一种，开出的花最初淡最后艳，有一种凄凉的悲壮感，也是他告诉她点荷灯这个习俗是处暑时节的。

彼时，他刚失去女友，她莫名地想给他希望。

这样的对话她与他不知道进行了多少次，她也不知自己陪了他多少个处暑，和他一起点了多少荷灯，他才从痛楚中走了出来，重新开始生活，与她修成正果。

那年处暑，他不慎落水，离开了人世，从此她感觉她的血液僵住，再也不会流动了。

她说她对他说的宽心话她都没有忘记，可是每每想起他，那些话什么也不是了，她很努力地去忘记，可是他在她心里却越来越清晰，他的一举一动、一言一笑，相识后的每一句话，每一件事她都记得格外清楚。

每个处暑她都在这里放荷灯悼念他。她记得他们相识是因为红蓼，所以她亲自去采摘红蓼，把它放在荷灯上……

我看着一个个荷灯载着红蓼远去，然而关于他的一切却并没有如她所愿被红蓼带走，反而在她的心底越蔓延越深。

我说："走了红蓼，来了相思。"

她问我："如何才能走了红蓼，走了相思？"

如何？我在心里问自己，却也不知该如何回答。只能说一些自己知道的关于放荷灯的愉快的记忆。

我告诉她处暑放荷灯所承载的并不全是对亡魂的悼念，比如汉代时期五大都会之一的成都、与海比邻的福建。

"河灯亮，河灯明，牛郎织女喜盈盈"，这一日，一年一度只有一面之缘的牛郎和织女是开心的；"河灯一放三千里，妾身岁月甜如蜜"，这一日与人分享所爱的后宫佳丽也是开心的；"放河灯，今日放了明日扔"，这一日，河灯是孩子们愉快的歌声，是河面一道靓丽的风景，它们都带着欢快的色彩。

她笑了，虽然有些勉强，可是眉头的皱纹总算散开了一些，她说这些画面很美好，问我还有没有更多的关于处暑放荷灯的美好记忆。

我说虽然我记忆里的只有这些，但是我相信在某个地方的某个角落一定有很多我和她都不知道的处暑放荷灯故事，也许它们比我讲的还要美好。红蓼走了，还有相思，倒不如将相思带出去走走，说不定它会一点一点儿散落。

她没有再说话，眼睛盯着河面，好像在深思。

走了红蓼，来了相思。

不知明年的处暑，你会在哪里，

会不会遇到满池荷灯，带走你的相思？

风动桂花香

处暑煎凉茶是一种习俗，

习俗是一种生活，

而生活也可以如风中的桂花一般飘香漫漫。

不知朋友听谁说位于河南和山西交界处的一个小山村有一座神奇的庙，可谓有求必应，于是非要拉着我去祈福。

我说靠天靠地不如靠自己，她小嘴一噘，说好不容易对一个男子动心，所以不光要靠自己，还要靠天靠地。

我知道有一些女人一旦恋爱，智商便为零，她恰巧就是那些中的一个，索性不再白费口舌去劝阻，决定陪她去看一看。

我们山一程水一程，到达目的地已是傍晚，跋涉了一天，我想着先休息，第二天再去那庙，她却分秒必争，向当地人问了路，当即就要去。

那庙在一座山上，许是长途跋涉太累，许是久未爬山，我有些恍惚，晕倒在路途中，醒来已身在床榻。

看四下无人，我起身向院子里走去，恰遇一阵清风吹来，舒爽里夹杂着香味，似桂花又胜桂花。

院子里确有两棵小小的桂花树，那一簇簇小花随着绿叶在风中起舞，尽情卖弄它的"体香"，我靠近它，想知道它究竟有何特殊，绽放的香味那样特别，和我曾经嗅到的桂花香都不一样。

就在我沉浸在自己的研究中忘记自己身在何处，忘记自己还有一位陪伴者时，朋友出现了，她说："人家才刚把凉茶给你熬好，你就醒来了，你一定是闻着茶香醒来的。"

朋友的话提醒了我，那胜似桂花的一抹香正是茶香，凉茶喝了不少，但是还从来没有见过它是如何来的。于是，我连那碗凉茶都不曾喝，就让朋友带我去看煎凉茶。

一个个砂锅放在青砖支起来的炉子上，里面的水咕嘟咕嘟作响，她拿着一把小扇，一会儿扇扇炉火，一会儿扇扇脸颊。眼前浓浓的水雾夹着香味，弥散得很远……

我问她这些凉茶里面都加了什么，居然可以如此之香？她说有连翘，熟到极致，自然落下；有金银花，未盛开，采自清晨，带着露珠；有黄芩，红土栽培，三年之上；还有蜂蜜，自家养的，采花而酿……她说得很多很细，遗憾的是我却记住的很少。

不过记住的不多，那些东西想想就很美好，我向她取经，问她怎样判断连翘是否自然熟落、金银花是否带着露珠、蜂蜜是否是采花而酿。

这在我看来极难的问题，她的回答却简单极了："因为一切都是自己亲力亲为，所以无须判断。"

这一句话让我震惊又感动，原来那一碗凉茶一抹清香竟是这般用心。我说这样用心的凉茶一定卖得很好。

她说她这茶不卖，是送给村子里的人喝的。

我看着她额头上豆大的汗珠，心中有些费解。我说这么费心的东西送给别人实在让人难以置信。

她说没什么难以置信的，打她记事起，他家每年处暑都会煎凉茶送给村子里的人喝，从爷爷到父亲再到她，这对她家来说已经成了习惯。

我这才想起今日是处暑，处暑煎凉茶这个习俗我是知道的。它盛行于唐代，那会儿处暑期间每户人家都会去药店寻配方，然后在家里煎凉茶备饮，

一方面有清热去火的功效；另一方面有入秋要吃点"苦"的寓意。

我说今日来到她家，仿佛穿越了时空回到了唐朝。

她笑得格外灿烂，说她家与唐朝不同，他们不用出去寻药方，她家是中医世家，这处暑时节的凉茶配方是祖祖辈辈传下来的。

我说怪不得每个角落都有香味，连院子里的桂花香都与众不同，原来是有中药滋养。整日与中药为伴一定很幸福，由内而外，自带芬芳，自带清香。

她说如今能与药为伴，舞弄药香，还要感谢处暑这一习俗。因为疾病面前没有欢笑，药草面前没有言语，而医者每天都要面对疾病和药草，加之她

也曾很多次目睹过长辈们为病人看病时的愁容，那种表情是痛苦的，那种生活是无趣的，她不想自己的一生这般无趣，而这样的想法一直持续到那一年的处暑。

那年处暑，她爷爷煎凉茶的时候将她带到身边，一样一样地将药材介绍给她，当爷爷告诉她那金银花摘的时候上面都带着露珠时，她说那一定是骗人的。

后来爷爷再采药材的时候只要逢假期，都将她带上，也是在那个时候她喜欢上了药材，尤其是处暑煎凉茶的那些药材，她发现那一株株不言不语的植物原来是那样有魅力。

之后的处暑，她开始主动学习煎凉茶，选药、生火、加水、熬制，样样都是亲力亲为，就这样越亲近越喜欢，越喜欢越热爱，越热爱越舍不得割舍，最终选择留在这个村子里与药为伴。

我说这个选择对年轻人来说很伟大，她摇摇头告诉我她觉得她现在的生活就像煎凉茶之于处暑，是一种刻在骨子里的习俗，而她打心眼儿里爱这个习俗。

我看向她，她脸上的汗珠已经浸湿耳边的头发，但是这并不影响她的美丽，尤其是风吹过的那一瞬间，她被缭绕的茶雾围着，香香的，像极了那院子里的桂花。

我突然有些羡慕她的生活，像处暑那样有点热，像凉茶那样有点凉，又像桂花那样香。

处暑煎凉茶是一种习俗，习俗是一种生活，而生活也可以如风中的桂花一般飘香漫漫。

白露：衰荷滚玉闪晶光

所谓伊人，如露如霜

所谓伊人，如露如霜。

我想，也许这世间所有的伊人都如露如霜，

她们如同白露那天的白露茶，自带醇厚，让人喜欢。

那年白露，他去看茶，她去品茶，他们相遇在南京的某个茶园。

他听说早上的茶园最美，所以特意起了个大早。时光没有辜负他，清早的露水还沾在茶叶上未曾离开，圆圆的，晶莹剔透，好似水晶，又宛如巴西幽灵做的转运珠，衬得那绿如此清新不俗。清早的茶香淡淡的，夹杂着雨露的味道，茶中有露，露中带香。

他说眼前的画面让他想到"蒹葭苍苍，白露为霜。所谓伊人，在水一方。"他觉得这意境如仙境，这美景如美人，有生命的气息。

她本是不爱喝茶的，可是年迈的爷爷喜欢，尤其白露那天，非要亲自到这茶园现摘一些茶叶回去泡茶。她说爷爷太讲究，爷爷说那不是讲究，白露这天喝白露茶是老南京的习俗。

她向来不在意习俗之类的东西，在她心里白露只是一年三百六十五天中的一天，和其他的日子没有区别，而白露喝茶和任何一天喝水也没有什么区别，她打心眼儿里不能明白年迈的爷爷非要在白露这天亲自去采茶这一做法。

那年白露爷爷像往常一样去采茶，不曾想却在途中犯了心脏病，再也没有醒来。她心里很难受，将爷爷的离开归责于茶，从此原本不喜欢茶的她开始讨厌茶。

这讨厌持续到次年的白露，那天不怎么重视日子的她脑子里却一直浮现"白露"两个字，心里总想着爷爷去采白露茶的画面，耳边总浮现出他的这句话："白露这天喝白露茶是老南京的习俗。"

想着想着她就坐不住了，去了爷爷常去的那片茶园，那郁郁葱葱的绿一下子抹去了她心里的厌恶，她闭上眼睛嗅着茶香，突然想尝一尝这白露茶。

茶园的主人是一位很慈祥的长者，和她爷爷的年纪差不多，她向他讨茶喝，他一边给她煮茶，一边告诉她："白露茶是独特的，它经历过酷暑，比极嫩的春茶要'老练'许多，有甘醇之味。"

他的口味很像她的爷爷，她问他知不知道老南京白露喝白露茶的习俗。他脸上堆满笑容，说老南京是十分重视节气习俗的，他不仅知道白露喝白露茶还知道白露酿米酒。

她说她没有想到白露茶竟然这般好喝，他说现在的白露茶还不是最好喝的，清早的白露茶才是最美的。此时她终于明白为什么白露那天，爷爷总是起得那么早。此刻，她决定在以后每一个白露的清晨都到这里品茶采茶。

这个白露她像往常一样品茶，而遇见他是在她品茶出来准备采茶时。

那会儿他正沉浸在这有生命气息的美景中，口里念着"蒹葭苍苍，白露为霜。所谓伊人，在水一方"。

他与她并排而立，眼睛都看向茶园，然而不过一瞬间，她开始向左，他开始向右，就这样他们进入了彼此的视线。

他问她："你是从露珠中来还是从茶叶中来？"

她愣愣地看着他："嗯？"

他说："你的眼睛很像茶叶上的露珠，圆圆的、晶莹剔透，你散发的香又很像茶叶的香，我以为你是茶叶中那个如露如霜的伊人。"

她说她只是刚品过一杯白露茶的普通人。

他问她这一大清早到这茶园是否专门来品一杯白露茶，她说还为了摘一些白露茶叶。他说他以为白露喝白露茶的习俗现如今已经不存在了。

她说既然是习俗就不可能消失，总会有人在心里惦记着它。

他说他向来对习俗不太感兴趣，不过现在突然想喝一杯白露茶，一杯如露如霜的人亲手煮的白露茶。

她没有拒绝他，他跟着她离开了茶园，她给他亲手煮了一杯白露茶，他一边喝茶一边听她讲她爷爷的事情。

他说他可能和她一样，因为一个人而爱上一杯茶，因为一杯茶而爱上一个习俗。她爱上白露的白露茶是因为已故的爷爷，而他爱上白露的白露茶是因为她。

她说她从不相信一见钟情，特别是因外貌而来的一见钟情。而他有足够的时间和信心让她相信。

当时她以为他定是在说大话，可是直到他让她相信了一见钟情。她不知道究竟是在什么时候因为那件事情相信了他。

他总唤她伊人，说她是从茶叶中走出来的伊人，是如露如霜的伊人，以至于她在很多时候都以为她的名字就是伊人。

我喝着她煮的白露茶，对她说他没有叫错，如此好喝的茶只有如露如霜的伊人才煮得出来。

她说她可不敢居功，白露茶经历过酷暑的洗礼又经历过习俗的积淀，醇厚本就是它独有的特质，和任何人没有关系。

我看着她堆满幸福的脸，觉得这一切有些似曾相识，我隐约记得自己曾经在哪里遇到过一个女子，和她很像，只是我无论怎样想都想不起来了。我将自己的这种感觉告诉她，她笑着说也许是她长了一张大众脸。

我摇摇头说，像的不是那张脸，而是给人的感觉，那种感觉说不清楚，是一种伊人的感觉。

所谓伊人，如露如霜。我想，也许这世间所有的伊人都如露如霜，她们如同白露那天的白露茶，自带醇厚，让人喜欢。

点点红枣香

原来那点点红枣是有香味的，它们的香味叫作点点红枣香。
感谢点点红枣香，让我邂逅白露酒，
也感谢白露酒，让缘分慢慢地靠近。

想去蓼江已经很久了，小妹让我等到白露再走，她说白露的蓼江别有一番风味。

我专门算了时日，只是还未到蓼江，就被途中那一点一点的红吸引，那是枣，不同于外面卖的那种，它很小，圆圆的，如同古怪的精灵一般，看起来可爱极了。

我走近它，想摘一些尝尝，看那小东西是什么味道。只是四处搜寻，却不见枣园的主人，时间已经不早了，索性跑到枣园里挑一些有缘的去摘。

我正挑得尽兴、忘乎所以之际，有一个声音在我耳边响起："这种小枣生吃起来有些酸，而且吃多了容易肚子不舒服。"

想来这是枣园主人，我尴尬极了，连从手中掉下的小枣都顾不得捡，赶忙解释："我方才找了很久，没有找到你们，所以才私自进来的。"

她抿嘴轻笑，说这画面让她想起了多年前的自己。

那天也是白露，她路过这里被那一闪一闪的点点红枣所吸引，她像我一样四下找不到主人，便私自进来摘了几颗红枣。

可当她迈着轻快的步伐一边歌唱，一边往嘴里塞枣吃的时候，枣园主人出现在她的眼前，两只眼睛直直地盯着她。

她当时尴尬极了，连连向他解释，他依旧盯着她，对她说："我已经注视你很久了！"

做贼心虚，他的这句话让她更加紧张，连忙将自己口袋里的钱拿出来递给他，他却笑了，他说："你怎么那么可爱，和这树上的红枣一样？"

她有些懵，他却很清醒，他问她："今日是白露，白露有喝白露米酒的习俗，你喝了没有？"

她还未反应过来，连连摇头。他却说："那正好，我这里有白露米酒，我请你喝吧！"她还来不及思考，他就拉着她的衣襟朝前走去。

他将她带到枣园的屋子里，温了一碗米酒，又在里面添了一些小枣煮熟。一瞬间酒香与枣香混为一体，充溢整个屋子，她未喝，却已经醉在了那浓浓的香味中。

他倒出一些晾凉，端给她品尝，他问她好喝不，她开心地点头。他说这白露酒是他亲手酿的，只是以前喝的时候他不曾加过红枣，今日加一些在里面是因为他看她看红枣的眼神那样欢喜，想着她一定爱吃，所以特地加了一些。

她想向他说声谢谢，可是那会儿这两个字卡在喉咙里怎么也说不出来，她一连喝了好多，他问她："你们那里有没有白露喝白露米酒的习俗？"

她说没有，他便说："我们这里有，不如以后你就到我们这里来生活吧。"

她再一次愣住，他说："我第一眼看到你就觉得你那样天真可爱，那样特别，我想靠近你，让你给我照顾你的机会。"

她问他的照顾包不包括给她酿白露米酒喝，他说包括。她又问他的照顾包不包括给白露米酒里煮红枣，他说包括。

她说那就好，这白露米酒红枣汤是她喝过的最好喝的东西，她喜欢那点点红枣的香气，更喜欢它与米酒混在一起的味道，所以他的照顾她接受。

后来他说她真傻，喝白露酒本来就是他们那里的习俗，酿白露酒他本来就会，红枣园他本来就有，她提的要求太简单了。

她说她才不傻，虽然白露喝白露酒是他那里的习俗，但是她知道现如今能将习俗记在心底的人已经很少了，会亲手酿酒喝的人更少了，她好不容易碰到一个怎么可以提过多的要求将他吓走。

他这才知道原来她同他一样，见第一面就已经将对方记在心上，他看上了她的天真活泼，她看上了他那颗爱生活的赤诚之心。

我说这样说来白露喝白露酒这个习俗算是你们千里姻缘的那根线了。

她说除了白露还有那一颗颗红枣，也正是因为如此，每逢白露，来他们枣园摘枣的客人不仅可以随意吃，还可以和他们共享亲手酿的白露米酒，这是他们对缘分的馈赠，也是他们对彼此相识的一种纪念。

此时，我已经忘记了自己是奔着蓼江而来的，激动地问道："我是不是有幸可以品尝你们亲自酿的白露酒？"

她笑着为我引路，那是枣园西南角的一个简易小屋，离得老远就能闻到酒香，我迫不及待加快脚步。

他们给我的白露米酒里面加了红枣，我一口一口轻轻抿着，细细品味，它们确实与众不同，有属于白露的甘甜。

离开时，我又到他们的枣园转了一圈，这次我没有摘红枣，而是更近距离地与它们接触，静静地站在那里感受它们的气息。

　　原来那点点红枣是有香味的，它们的香味叫点点红枣香。感谢点点红枣香，让我邂逅白露酒，也感谢白露酒，让缘分慢慢地靠近。

秋分：湖光秋月两相和

月夜下，一起捉流萤

月夜下，我们一起捉流萤。这是一件多么美好的事情，美好的事情不应被忘记。

秋分祭月，这是古时的习俗，习俗本就不该被忘记。

因为她和他都是爱山爱水爱游玩之人，一年中的大多数日子都在山水之间穿梭，所以他们在山水中遇到也不足为奇。

那天是秋分，晚上的月亮又圆又亮，他们都在那里小心翼翼地捉萤火虫，有一只太调皮，从她的指缝中溜出去，然后落在了他的身上。他一把将其捉住，对她露出狡黠的笑容。

　　那只萤火虫她捉了好久，才不甘心就这样落到别人手中，她对他说："君子不夺人所爱，那只萤火虫是我的。"

　　他回她："我不叫君子，我叫季月。"

　　她说"月"这个名字都是女孩子叫的。他说女孩子叫的那个"月"和他叫的那个"月"不一样，他是季月，可不是普通的"月"。

　　她说没有想到一个男子居然那么爱狡辩。

　　他笑她没文化，说他的"月"本就不一样，他叫季月，祭月是秋分的一种习俗，这习俗来得很早，早在《礼记》中就有记载："天子春朝日，秋夕月。朝日以朝，夕月以夕。"

　　古时帝王权贵专门设置日坛、地坛、月坛、天坛等场所来进行春分祭日、夏至祭地、秋分祭月、冬至祭天之习俗。而这记载中的"夕月之夕"说的就是这秋分的祭月活动。

　　他神情严肃，说得极为顺畅，而他说的这些她都不知道，心里顿时对他多了一分钦佩，她说她特别佩服那些能静下心去研读古书的人。

　　她的这句话让他又神气了几分，恨不得把自己知道的都说出来，他说《管子·轻重己》里也有记载："秋至而禾熟。天子祀于大惢，西出其国百三十八里而坛，服白而絻白，搢玉总，带锡监，吹埙篪之风，凿动金石之音，朝诸侯卿大夫列士，循于百姓，号曰祭月，牺牲以羔。"《史记·封禅书》亦有云："祭日以牛，祭月以羊彘特。"

她问他这记载是什么意思，他告诉她是当时祭月的服饰、乐器、祭品等方面的问题，那会儿这些都是祭月习俗中极为讲究的东西。

她说那样的画面想想就觉得很壮观，他说只可惜现在已经看不到了，祭月的主角是月神，可是偏偏秋分是那样一个尴尬的日子，它不按阴历按阳历，这阴阳虽然一体，却不是时时"相随"，总有那么几次赶得不是时候，月未圆，祭拜总有些缺憾，于是后来人们索性将秋分祭月改为八月十五。

听他的语气有几分伤感，她起了安慰之心，她说虽然时间变了，可是祭月还在，没有什么可遗憾的。

他说对他来说还是有遗憾的，因为他生在秋分，他母亲之所以会给他起这个听起来像女孩子的名字，就是因为她知道秋分的祭月习俗。

她咯咯笑了起来，说没有想到他们还挺有缘分的，她也生在秋分那天，父亲说那会儿是夜晚，院子里还有几只萤火虫在飞来飞去，于是后来父母给她起名叫流萤。

说到萤火虫，他才突然想起来刚才自己正好捉了一只，她也才想起自己本是来找他要萤火虫的。

他看看手里，空空的，她嘟起小嘴，一脸的不情愿，他说："对不起，我原本是打算还给你的，只是现在它不见了。"

她本以为他还会狡辩，却不想他居然道歉了，扑哧笑了出来，她说："没关系，我们一起再去捉几只吧。"

说来奇怪，萤火虫好像听到他们的对话似的，突然间全都不见了，他们

找了许久也没有找到一只。

他说这个秋分可能不是个好日子，连萤火虫都躲起来了。

他说那句话的时候，她正看向空中的那轮圆月，她说这个秋分一定是个好日子，连月亮都那样圆。

他这才注意到头顶的月亮，确实很圆，他说也许萤火虫都去祭月了。于是他们也跟着萤火虫去祭月。

她告诉我那晚他们捉了好多萤火虫，她说以后等秋分她也要学古人祭月，他说以后的秋分他不仅要祭月还要捉几只萤火虫，因为他觉得月夜下捉萤火虫的画面很美好。

他们本来是约好下一个秋分再一起到这里来的，她每年的秋分都在这里等他，可再没有看到他。

她手中的萤火虫还在闪闪发光，我本是被这光亮吸引，想近距离观察她手中的萤火虫，却勾起了她的伤心事。

我向她道歉，她倒笑了，说："其实也没有什么，我只是忘不了月夜下我们一起捉流萤的画面，忘不了秋分的祭月。"

祭月、捉流萤，一个是古来有之的习俗，一个是美好的画面，今后的日子里总有一个人会和她一起经历那些美好。

月夜下，我们一起捉流萤。这是一件多么美好的事情，美好的事情不应被忘记。

秋分祭月，这是古时的习俗，习俗本就不该被忘记。

她重复着我的话，一遍又一遍……

愿下一个秋分祭月和捉流萤的时候，她不再是一个人。

篱边有黄菊，不知为谁开

曾经的秋分，她与他相识。

他种秋菜、搭篱笆、养黄菊，秋菜为她而生，黄菊为她而开。

如今的秋分，秋菜还在，篱笆还在，黄菊依然盛开，只是再难明了黄菊为谁而开，秋菜为谁而在。

曾经在岭南偶遇一片黄菊，长在篱笆旁边，有"采菊东篱下，悠然见南山"的意境和美丽。不过奇怪的是，这份美丽并不入当地人的眼，我看着他们一个个踩着黄菊去采它旁边绿绿的野菜。

我好奇那是什么菜，居然可以将"采菊东篱下"的魅力所掩盖。

我本打算找个路人来问一问，只是没有想到自己的问题刚说出口，就有一个声音回复我："那叫秋菜，又名秋碧蒿，是一种野苋菜。"

他说话的时候并没有看我，两只眼睛直勾勾地盯着那秋菜。我小心翼翼地问他："这菜很特别吗？"

"特别……"他一连说了好几遍，他说这是秋分习俗吃的一种菜，以前每到秋分，他们村里的人都要去郊野采摘，回家与鱼片"滚汤"，叫"秋汤"。他们这里还有关于它的顺口溜："秋汤灌脏，洗涤肝肠。阖家老小，安全健康。"

听他这样一说，我竟有了尝一尝的冲动，我问他："这菜是不是很好吃？"

"好吃！"他像方才一样说了好几遍，他说不仅味道好而且魅力也很大，所以她才会在见到它第一眼的时候就喜欢上它。

他告诉我以前这里并没有黄菊，只有一片秋菜。那年秋分，她从这里路过，被那片细细的绿吸引，她问他那是什么，他告诉她那是秋菜。

她又问他秋菜是什么，他说是他们那里秋分时候吃的一种野苋菜。她又问他好不好吃，他说好吃。她又问他是什么味道，怎么个好吃法。

他描述不出来，就对她说若是想尝尝，他可以做给她吃。她问他以前有没有给女孩子做过秋菜吃，他说没有。她拍手叫好，她说就让她做第一个。

他为她做秋菜，她一直坐在那里看着他，不知怎的他就紧张起来，端菜的手都在打战。

看着她拿起筷子，心里期待她的评价，当她说出"好吃"的时候，他开心极了，呵呵地笑出声来。

　　临走时，她对他说这么好吃的菜应该好好给它装扮一下，不能让它就那样长在那里，一片绿，孤孤单单的。

　　他说他只听过装扮人没有听过装扮菜。她说他太笨了，搭个篱笆做个房子，在房子边上种些黄菊花，它就会好看很多。

　　她让他好好装扮，等明年的秋分她还会来吃他做的秋菜，顺便看他把这么美味的秋菜打扮得像不像新娘子那样漂亮。

　　他极为用心，亲自挑选竹子，学着搭各种各样的篱笆，又买了书本回来学习护养菊花。时间就这样一天一天过去，等到次年的秋分，他早早地便站在那篱笆旁边，等着她来。

　　她来了，穿着一身黄色的裙子，和篱笆边的菊花一个颜色，他问她将苋菜装扮得美不美。

　　她点头说装扮得很美，和她一样美。

　　他看着她，傻呵呵地笑了笑，说她确实很美，他从未见过像她那样美丽的女子。

　　听他这样说，她眼眶里掉出两颗晶莹的泪珠，问他愿不愿意让她做他的新娘子，他没有犹豫，说愿意。

　　他与她就那样走到了一起，一起护养篱笆里的菊花和秋菜，直到三个月后……

　　三个月后，她与他同时被送进了医院，她再也没有醒来，而他却彻底地醒了过来，将属于他们的过往全都想了起来。

　　原来他与她在很多年前的秋分就因为秋菜相识了，那时他答应过她以后会和她一起在岭南的村子里搭一个小院，院子边开一片地，种秋菜，秋菜周围搭上篱笆，篱笆周围种满她喜欢的菊花。

　　只是后来他得了一种奇怪的病，将以前所有的一切包括她全都忘记了。医生说他的记忆可以通过重现找回，只是密度不能太大，于是她每年秋分都会去重演他们相识的画面，她本来打算一直那样一年一年演下去，可是时光不眷顾她，病魔要夺走她的余生。于是在生命的最后三个月，她决定和他一起度过。

　　她离开以后，他也离开了，他说这里的秋菜、篱笆、黄菊都是为她而生，没有了她，什么都没有了意义。

　　只是每年的秋分他还是忍不住要来这里，他心里总想着她和曾经的他一样只是暂时将一切忘记了，只要他像她一样努力，她还是会回到他身边的。

　　可是这些年，黄菊开了又败，秋菜灭了又生，篱笆上已经布满风吹雨打的痕迹，她还是没有回来。

　　路人还在断断续续地摘秋菜，不知有几人知道种这片秋菜的人是谁。

　　曾经的秋分，她与他相识。

　　他种秋菜、搭篱笆、养黄菊，秋菜为她而生，黄菊为她而开。

　　如今的秋分，秋菜还在，篱笆还在，黄菊依然盛开，只是再难明了黄菊为谁而开，秋菜为谁而在。

寒露：疏影暗栖寒露重

更深露重，是否有好梦

他说："我喜欢寒露是因为你，我遇见你就是在寒露！"

她说："我还喜欢重阳，因为它也有登高的习俗。"

他说："我还是更喜欢寒露的登高，因为这个习俗是你告诉我的，我的登高生涯也是从寒露开始并一直持续到现在。"

他问她："更深露重，是否有好梦？"

她看了他许久，确定自己与他并不相识，所以懒得回答，把问题回给了他："更深露重，你是否有好梦？"

他说："我叫陈更，你叫于露，我对你印象深刻，你对我情意深重，所以

更深露重，不影响我的好梦。"

　　这是她印象中与他初见时的情形，那是在华山，那天是寒露。

　　她不晓得他是如何得知她的名字的，只是他的回答让她觉得太贫了，她问他："你这样贫嘴，你家里人知道吗?"

　　他说他没有贫嘴，他确实叫陈更，对她印象深刻的陈更。他说他第一次见到她是大一时的寒露，那天她在组织同学爬山，面对那么多素不相识的面孔，她都笑脸相迎而且一路上对大家照顾有加。

　　从那个时候起，他就开始注意到她了，之后每年寒露她组织的爬山，他都参与其中。

　　而她确实也对他情深义重，那会儿参加她爬山活动的人总是很多，他为了引起她的注意，特意想了一个问题：古人有重阳登高爬山的习俗，所谓"步步高升"，不知寒露登高爬山所谓何。

　　她回答得很认真："世人大多只知重阳有登高之俗，却不知寒露也有。寒露与重阳一前一后如同胞姐妹一般，那会儿登高，天气凉爽，景色宜人，既可以健身赏景又可以减少悲秋之愁，岂不快哉?"

　　他以前只知道寒露不过是一个有着动听之名的节气，却没有想到它还有属于自己的习俗，是她让他对寒露有了更深的了解，尤其是寒露的登高习俗，一下子刻在了他的心底。

　　她确实喜欢登高，在大学那会儿不仅寒露还有重阳，她都会组织这样的活动，只是他说的事情还有他这个人，她实在想不起来了。

这些年她不知为何迷上了华山，连着几年的寒露都要到华山来，这些年华山的一桩桩、一件件，他都说得非常详细。

这些事她都记得，她说这么多年她一路走来看了不少风景，却没有想到自己也成了别人眼中的一道风景。

他说她在他心里是一道很美的风景，如同最初他心中寒露这个名字一样。

她不喜欢被异性这么赤裸裸地夸赞，于是随意转移了话题："我喜欢寒露是因为它有登高的习俗，不知你喜欢寒露是因为什么？"

他说："我喜欢寒露是因为你，我遇见你就是在寒露！"

她说："我还喜欢重阳，因为它也有登高的习俗。"

他说："我还是更喜欢寒露的登高，因为这个习俗是你告诉我的，我的登高生涯也是从寒露开始并一直持续到现在。"

她还想说些什么，可又不知从何说起，方才的对话在耳边回响，她没有忍住，扑哧笑出声来。

他问她笑什么，她问他有没有觉得方才那些话从两个初次见面的异性口中说出有种很好玩的感觉？

他纠正她，并非初次见面。她也纠正他，说对于她来说他们就是初次见面。

他认输，不再和她争辩，他说第一次见面又如何，第一次见面也可以似曾相识，而且他们确实有缘。

她说她从来都分不清"有缘"究竟是好是坏。

他告诉她缘分当然是好东西，它可以让素不相识的人慢慢靠近。

他问她能不能答应将他们的缘分继续？她摇头否认，说她只是希望有个人陪她登高，给她提水、背包、揉腿……而已。他说他愿意。

被偏爱的人都有恃无恐，她就是被他偏爱的那个。她有恃无恐，以为他会一直在，殊不知他也会像烟云消失在风中，再无踪影。

他离开那天也是寒露，那天是他们一起走过三周年的纪念日，他说那是一个特别的日子，选择登高的地方要在他们正式相识的华山才更有意义。

她知道他偷偷买好了戒指，本来是打算求婚的，可是她还未等到那一刻他就走了。医生说是哮喘引发的，而她竟然从来不知道他有哮喘，她说自己应该是这个世界上最自私自利的人了。

"更深露重，是否有好梦？"她问这句话的时候我刚巧就在身边，误以为她在问我，所以惊扰了她对他的思念。

听了他与她的故事，我说其实她一点儿也不自私，她只是比较幸运，遇到了一个可以将她宠得有恃无恐的人。

她与他的故事始于寒露的登高，也终于寒露的登高。登高是寒露的习俗，可是如今寒露还在，登高却抛下它悄然而逝。我想如果时光再来一遍，寒露也不会拒绝登高的，因为它们的感情不必朝朝暮暮，却已天长地久。

爱一个人到深处，爱会从习惯变成习俗，彻彻底底刻到骨子里去。

庭院深深，有景宜人

庭院深深，有景宜人；

宜人之处，有情于心。

在一个叫桃花源的小镇，有一处至美的庭院，在枫叶中静卧，在真情中沐浴。

我最初听到这个名字，就起了去看一看的念头，我想知道这个桃花源和陶渊明笔下的桃花源是否同属一家。

朋友说它们非但不是一家而且有着天壤之别，这个桃花源比落英缤纷要火红得多，它有满山枫叶，寒露时节最盛。

我遇见那深深庭院，是在桃花源的前一站，那是寒露前夕，当时天色已晚，我的车子又刚巧出了点问题，于是不得不去借宿。

只是没有想到一觉醒来，满院红色在眼前，这红没有香山的炽热，而是给人一种温馨的感觉。我还是第一次看到有人种满院的枫树。

"寒露到了，该去香山看枫叶啦！"那声音轻快活泼，我本以为是一个开朗健谈的孩子，却不想出现在眼前的他半边脸和眼睛微微倾斜，手里拄着拐杖，走一步头要歪一下。

我欲上前扶他，却被他母亲摆手止住，她面带笑容静静地站在他身后，他动一步，她跟着走一步，不过十多米的距离，他们走了快二十分钟。

他走到枫树下就停下了，眼睛直勾勾地盯着那片片枫叶，偶尔说一句"寒露到了，该去香山看枫叶啦！"

我对阿姨说，这满院的枫树一定是为他栽下的吧？

阿姨说她的娘家是北京，在那里有寒露到香山观枫叶的习俗。她嫁到这里什么都好，就是时常思念家乡，尤其是寒露那天，她总是念叨着香山的枫叶，他爱人为了照顾她的感受，决定每年寒露都陪她回一趟北京，看一看香山的枫叶。

许是遗传了她对枫叶的情怀，他对枫叶也情有独钟。她和爱人第一次带着他一起回北京赏枫叶的时候，他才刚满两岁。

那会儿他看到枫叶整张脸上都是笑容，她给他摘了一片，他紧紧抱在怀里谁也不给，一直抱到家里。

后来每年的寒露他们回北京都会将他带上，有一段时间他甚至吵着要到北京去上学，那样就可以时常到香山看枫叶了。

那时她为了哄他，骗他说香山的枫叶只有寒露那天才可以去看。他问她为什么，她说因为到香山看枫叶是寒露的习俗。

等他知道她在骗他时，他已经懂事。那会儿他最期盼的是暑假，他期盼假期里与枫叶相处的日子。只是看了很多枫叶，他觉得还是香山的枫叶美，尤其是寒露那天。

他告诉她，他要努力学习，以后到北京上大学，这样就不会因为学业而在寒露那天错失香山的枫叶了。她当时格外高兴，夸他真有出息。

从那以后，他学习更加卖力了，高考前夕她问他准备如何，他信心满满，说明年的寒露他会在香山等她。

高考成绩出来了，他没有让她失望，分数线超出心仪学校十多分，她对他竖起大拇指，说她儿子真棒，他也对她竖起大拇指，说都是母亲教导有方。她将他拥到怀中，告诉他到时候没事别总往香山跑，那地方距离他的学校并不近。

他说他已经长大成人，让她尽管放心。她确实对自己的儿子挺放心，才会在他说外出打暑假工的时候没有坚持阻止，结果导致他在回来的路上出了车祸。

那天他到市里已经很晚，她打电话叮嘱他住一晚再回来，他却说他想她了，迫不及待想看到她，他要自己找顺风车回去，她让他小心，他让她放心，说他和同学一起。

结果载着他们两人的车在路上出了事，他重伤，他同学离开了这个世界。

医生告诉她他伤得很重，可能永远也不会醒来，她不相信，拼命摇他。她说，他说过明年的寒露他会在香山等他。

她找来很多枫叶放在他的床边，她一直对他说寒露快到了，让他快起来，她带他去香山看枫叶。

他仿佛听到了她的呼唤，在寒露那天醒了过来，只是他的脸部扭曲，不能正常走路，话也无法说出口。

医生说他能醒过来是个奇迹。她对他说香山的枫叶更加漂亮了，等他慢慢恢复之后，带他去看。

他无法说话，眼角的泪一滴一滴往下流，她拉着他的手，说他小的时候她就是这样陪着他，寸步不离。她曾经还担心他上大学以后，她会想他，没想到现在时光又回到了小时候，母子这样相处的日子既有限又美好，他们要好好珍惜。

三个月后，他可以自己拄着拐杖走路了，也能勉强说出话来。她开心极了，说等到下个寒露他们就可以一起去香山看枫叶了。

他却说以后的寒露他可能再也无法看到香山的红叶了。他这句话一说出口，她忍在心里眼里的泪水全部流了出来。他向她道歉，说是他食言了，让她别再伤心，虽然以后的寒露他不能在北京的香山等她，却可以陪她在家里，他们可以一起在电视上看枫叶。

她说在那个时候，她就下定决心要到香山买一些枫树回来栽满院子，让他在每年的寒露都可以看到喜欢的枫叶。于是就有了这满院的红。

我说怪不得我初见这枫叶的时候就觉得它与众不同，有家的温馨，原来它来自母亲对孩子真挚的爱。

这个院子是我见过的最美的院子。

庭院深深，有景宜人；宜人之处，有情于心。

霜降：时逢秋暮露成霜

姑苏城外有佳人，

愿你找到属于你的那一个。

他一直觉得他这辈子最幸运的事情就是生在姑苏，这里的一切都如同它的名字一样美，从景到人。

他还记得小时候大人们最爱逗他的一句话：你将来的媳妇儿在哪儿啊？他那时他噘着小嘴说："肯定在姑苏。"他们问他为什么在姑苏，他说姑苏的女孩比哪里的都美。

本是儿时的一句玩笑话，却刻在了他心底，长大后的他在心里认定自己的另一半一定是在至美的姑苏。于是他交女朋友的首要条件便是对方是姑苏人。

　　她是他拒绝的几个姑娘之一。在学校里，他是风云人物，帅气有才，在篮球场上一站就能迷倒一大片姑娘。她为了能在这一大片中显得别样，特意选了一种对她来说很特别的表白方式。

　　她是泉州人，当地有一个她特别喜欢的节气习俗——霜降吃柿子。她喜欢霜降，觉得"霜"这个字很酷；她喜欢柿子，觉得柿子的那种甜可以直入心底。

　　于是，她选择了在霜降向他表白，表白的礼物就是柿子。她准备了许久，也站在镜子前练习许久，可就在她站在平日里他必经的路口等他时，他却没有出现，她打听一番才知道，他感冒了。

　　她顿时开心起来，并非幸灾乐祸，而是在老家吃柿子有不会流鼻涕的寓意，在她印象里感冒都是会流鼻涕的，心里便有一种上天注定的感觉。

　　她赶忙托他宿舍的人将自己包装好的柿子送给他，并带话给他：在泉州，霜降吃柿子可以防止流鼻涕，她将这祝福送给他。

　　他收到过很多礼物，也知晓那些女孩送礼物的心思，对于她这种"自报家门"却并非姑苏的姑娘他都是直接让人将礼物送回去的，他也让宿舍的人带话给她：他心中的那个佳人只会在姑苏城。

　　后来她才知道他是姑苏人，对姑苏感情深厚。她没有再向他表白，也觉得自己与他交集会随着毕业而彻底结束。

只是让她没有想到的是，几年后的他们会在泉州的街头遇到。

很巧，那天是霜降。她正一边品尝甜甜的柿子一边在街上漫步，那个熟悉的声音响起，她还有些恍惚。

他的声音很特别，曾经一度在她心底出现，所以即便恍惚，她还是循声而去，那个熟悉的身影又出现了，果然是他。

"今日是霜降，泉州有吃柿子的习俗。"她也不知为何就跑到他面前说了这样一句话，而且还将自己已经啃了一口的柿子递到他面前。

看到他呆愣的神情，她才突然意识到自己的失态，等她要缩回手的时候，他却接过她手中的柿子咬了一口。

"霜降吃柿子可以防止流鼻涕。"她又将那时候的话说了一遍，心里突然觉得舒服了许多，咯咯笑了起来。

他说这是他吃过的最甜的柿子，他想请她吃饭，答谢她给他吃柿子。

她选了一家温馨的小店，他们共进了一顿非常愉快的晚餐。他对她说："我猜你一定是姑苏人。"

她问他："为什么这样认为？"

他说她是他见过的最特别的姑娘，这种特别是属于姑苏的。

她笑了，告诉他："姑苏城外也有佳人。"她将那时候她对他表白的事情作为故事讲给他听。

他问她，如果他现在让时光倒流还晚不晚？她说已经晚了，因为她已经找到了属于她的另一半。

他说爱情应当如她给他的柿子一般甜，他问她是否如此。她点头，说她的爱情如同泉州霜降的柿子一样甜。她回去之后也会告诉对方，她今天看到了她在学校里曾经仰慕并且被其拒绝过的男子，他们在一起吃了饭而且说了很多话。她说这是一种很奇妙的感觉。

他明白她的意思，如今的他对她来说不过是曾经遗落在心底的梦，如今梦已醒，他在她的心里已不复存在。

他起身离开，她叫住他，对他说："佳人不仅姑苏有，姑苏城外也有。"

他说他会把这句话记在心底，也会把霜降的柿子记在心底。

他确实记住了霜降的柿子，也记住了那句"姑苏城外有佳人"，所以我才会看到眼前的画面：他的面前有很多柿子，上面都刻着"姑苏城外有佳人"这几个字。

我说姑苏城外有很多佳人，绝对不止泉州的那一个。

他说姑苏城外确实有很多佳人，可他偏偏就只记住了泉州的那个，就像明明有二十四个节气，他偏偏只记得霜降，霜降明明有那么多习俗，他偏偏只记得泉州的吃柿子。

我说霜降的柿子那样甜，而真正属于自己的佳人也应该如它一样甜，而非泉州的那样，苦涩、伤感。

他没有再回答我的话，只望着远方，喃喃道："姑苏城外有佳人。"

姑苏城外有佳人，愿你找到属于你的那一个。

寒山寺内几分阳

她的阳光、她的温暖、霜降的萝卜、萝卜的甜……

这点点滴滴都如同一束束光，它们照在我身上，

我向它们许愿，愿她早日如愿。

那年，她到山东，恰逢霜降。

那时，他拿着萝卜，戴着耳麦，迎着寒风，在讲述霜降吃萝卜这件事。他声音清脆，一下子就从她的耳中传到了心里。

她有些奇怪，那么好听的声音，那么认真的讲述，旁边却并没有人，那情景与不远处搞促销的商场形成了极大的反差。

她问他为什么不到热闹的地方去，那里听的人会多一些，他说他讲的那些东西喜欢安静，不喜欢热闹。

听他这样一说，她赶忙将自己说话的声音降了一度，生怕打扰到他口中的安静。她问他吃萝卜这件事情和霜降有什么关系。

他告诉她霜降吃萝卜是他们山东的习俗，有"处暑高粱白露谷，霜降到了拔萝卜"的俗语。

她说为什么偏偏是萝卜，她最不喜欢吃萝卜了。

他说萝卜这个东西，做法多样，作用颇多。生吃脆而甜，可以缓解腹胀；熟可做热菜汤粥，能润肺止咳；干可入药，有降血脂、软化血管的功效——着实找不到不喜欢它的理由。

她说她从来都不知道萝卜有这样多的作用，只知道它辣得烧心。

他笑她不会挑萝卜，他让她靠近他，然后从袋子里拿出一些萝卜给她看。她离他很近，可以感觉到他温暖的气息。

他说看萝卜是否辛辣，主要看它的皮是否通透，通透者味甜，反之则辣。她靠近他手里的萝卜，仔细瞧了瞧，那皮果然如他所说有通透之感，没有想到挑萝卜也有这么大的学问。

他说通透者味甜，可直接食用，反之味辣，熟吃较好。他拿出一个皮最通透的萝卜，切成小块让她吃，她看了又看，有些犹豫，说她最怕辣了。

他微微一笑，拿了一块塞到自己的嘴里，萝卜在他口中发出清脆的声音，与他的声音一样。她相信能发出这样声音的萝卜一定是甜的，也拿起一块吃了起来。

他还要再切一个，她阻止了他。她说从前因为不喜欢萝卜，所以也不知道萝卜该怎样做，她想让他教她几种萝卜的吃法。

他开心地邀请她到家里去，说他老婆正在家里做萝卜盛宴，她刚好可以瞧一瞧。

听到他说"老婆"两个字，她心里突然有些失落，有些后悔让他教自己做萝卜，她不想去他家里。她说这样太麻烦了，还耽误他在这里讲述。

他连忙摆手，说不打紧，他在这里讲述本就是为了邂逅那些对民俗有兴趣的朋友，今日邂逅她很高兴，他相信他老婆也会高兴。

她没有再拒绝的理由，到了他家里。她哪里还有学做萝卜的勇气，面对他的老婆，她的心里有一种负罪感。这一顿萝卜宴她食之无味，最后的离开在她心里也成了落荒而逃。

后来，她还是学会了做几样萝卜的美食，每逢霜降这一天她总是会自己在家里做萝卜盛宴，有时候还会想如果她早一点喜欢上萝卜、学会做萝卜盛宴，她与他会不会早一些遇见？

我说我想到了"还君明珠双泪垂，恨不相逢未嫁时"这句诗。

她说对他不过是有一面之缘的朋友。

她说也许是因为缘分太浅，也许是因为无法逾越的距离，他在她心里总是那样美好，她本只想记住那份温暖，可是偏偏温暖与他总是相伴。

她像他一样，开始在霜降这天传播属于霜降的民俗知识，尤其是吃萝卜。而她之所以会选择在寒山寺这个地方，就是因为她想借这里的清净将那些该忘掉的通通忘掉。

说来也巧，她这几句话才刚刚说完，原本一直躲在云里的太阳就出来了，那一束光不偏不倚，正好照在她的脸上。此时，她眼角有笑容，格外阳光、格外温暖，我想能给她这份阳光的东西或许不应该忘记。

有些东西不一定需要刻意忘记，特别是那些让我们一点点变好的东西，与其刻意忘记，不如将它藏在心底，让时光给它最好的去处。

她拿起一块萝卜给我吃，说她明白我的意思，有些东西就像霜降吃萝卜这习俗一样，刻意铭记也好，刻意忘记也好，它都还是它自己，不会因为任何人的刻意而改变。只是，她还是希望时光能够眷顾她，早些如她所愿。

我来这寒山寺本是要寻一份清静，不想在清静中与她相遇，与霜降相遇。她的阳光、她的温暖、霜降的萝卜、萝卜的甜……这点点滴滴都如同一束束光，它们照在我身上，我向它们许愿，愿她早日如愿。

第四辑

冬：冬雪皑皑，散入珠帘惹人醉

这样的小雪甚好：

有酒，可醉；

有"雪花"，时时开；

有人，醉看"雪花"纷纷开。

立冬：疏市摇空半绿黄

寒炉美酒好景色

立冬，天气冷了，花草凋零了，树木枯萎了。

没关系，还有红炉美酒这样温暖的好景致。

她是地道的宅女，向来大门不出，二门不迈，可那次不知怎么就冒出了一个人出去走走的想法，她向来行动力强，于是眼睛一闭，手随意在地图上一指，便订了南京到台湾的机票。

坐上飞机的那一刻，她还挺开心的，想象着第一次旅行的美好，可是到达目的地的那一刻她就后悔了，她忘记台湾和南京不是一个天气，除了拿着的棉袄，她一件薄衣服也没有带，想到就近的商场买件衣服，公交车却乘

反了。

　　她憋屈极了，一个人蹲在马路上有种想哭的冲动，他就是在这个时候出现的。那会儿，他刚下班，从单位走出来就看到了蹲在地上的她，手里的棉袄分外抢眼，他问她为什么要穿那么厚。她哇的一声就哭了。

　　这突如其来的哭声让他有些手足无措，只能连连道歉。她无辜地看着他，说为什么一个人旅行是一件这样困难的事情。

　　听了她的事情，他有些想笑，他说虽然他是个宅男，但是也知道一个人出去的时候要事先做些功课的。

　　她问他是不是在嘲笑她，他赶忙摆手否认，他说如果不介意的话，他这个地道的台湾人可以做她这次旅行的向导。

　　她使劲点头，说她现在最想做的就是换件衣服，然后去吃些美食。

　　他带她去商场买了衣服，至于美食，他向她推荐姜母鸭和羊肉炉，他说那是台湾立冬的节令食品。

　　听他这样一说，她才想到今日是立冬。在南京，这一天会准备生葱让家里人吃，爷爷告诉她立冬吃生葱，可以借其辛味将体内瘀滞不通的阳气排出来，从而起到抵御湿气、减少疾病的作用。

　　这葱她吃了二十多年，现在突然改为姜母鸭和羊肉炉，她心里还有些不适应，不过她心中的不适很快便随着姜母鸭和羊肉炉的美味而消失了。

　　看她吃得那样开心，他心里也美滋滋的，一边给她夹一些蔬菜一边叮嘱她多吃些，他说立冬这天吃这些可以给人补充能量，让人活力满满。

她说这里的姜母鸭实在是太好吃了，她很想明年的立冬也可以吃到这么好吃的姜母鸭。他让她明年立冬再来台湾，他会像今年一样给她做向导。

她说出门太麻烦了，她不想再出来了，她提议让他明年的立冬去南京玩，她可以请他吃南京的立冬食品，他也可以顺便给她带这里的姜母鸭吃。

她说这句话时并没有很认真，却不想他回答得很认真，他说带过去的姜母鸭一定没有现做的好吃，他还是利用这一年的时间学个好手艺，等明年立冬时做给她吃。

我来南京的时间刚刚好，是他们约定的那个立冬，与他搭上话是因为我一时迷了路，看他面带笑容站在那里，便去向他问路。

他很抱歉地冲我笑笑，说他是台湾人，也是刚刚到这里，眼看四下无人，他说如果不介意的话，可以等一会儿他当地的朋友，我可以找她询问。

也就是等待的这段时间，他向我讲述了他们的故事，我们一个讲得太投入，一个听得太投入，以至于谁也没有发现她的到来。

再次听到过往的事情，她好似有些不好意思，脸颊微微泛红，我没有想到她会邀请我去做客，而我也没有拒绝她的邀请。

她早就准备好了一切，只等着他来，屋子里炉火正旺，炉子上有酒香溢出，厨房里鸭子也已清洗干净。

她招待我们坐下，然后去厨房里忙活，随即他也跟着她去了。我坐在炉子边上，想象着厨房里的画面，他在做姜母鸭，她在准备生葱，这样的立冬真是暖到了心底。

不一会儿，她端着摆放整齐的生葱，边上放了橘红色的枸杞，中间还准备了蘸酱，他端着做好的姜母鸭，两人一前一后走了出来。

此时炉子上的酒已经咕咕作响，酒香、葱香、鸭香、姜香混为一体，让人身心舒适。她为我们斟酒，他替她将斟好的酒放在餐桌上。

看着眼前红绿相衬、美酒佳人，真是一片好景色，我说："老天真是待我不薄，连问个路都能问出一顿美食。"

他这才想起我找他本是问路的，连说了几句"不好意思"，我说：这寒炉美酒好景色，是我该向他们道谢。

她问我要去哪里，我说眼前的一切一定比我要去的地方美得多，这个立冬是我过得最温暖的一个立冬，我现在哪里都可以去，除了这个本该属于他们的二人世界。

他们送我离开，我说台湾的姜母鸭和南京的生葱真是绝配，希望这两道立冬的食品可以早些合二为一。

她与他默然低头，然后消失在我的视线中。

我们虽然就此分别，可是那年立冬的红炉美酒好景色却深深地印在了我的心底。

立冬，天气冷了，花草凋零了，树木枯萎了。

没关系，还有红炉美酒这样温暖的好景致。

纷纷红叶满阶头

河面，水开花；

河边，纷纷红叶满阶头；

身边，有火红的天使在作画；

画中，立冬的健儿在跳跃……

这一幕幕让立冬红火，让贺冬火热。

她和他相遇是在河南商丘睢县的北大湖，那天是立冬，他去那里游泳，立冬有贺冬之俗，他们那里的贺冬风俗就是冬泳。她去那里画画，她是文化爱好者，对她来说每一个节气节日都是值得纪念的日子，每当这时，她都会用手中的笔留下那些特殊日子里的风景。

此时，她就坐在湖边对面的台阶上，他很容易便注意到她了。他看到她时不时地朝自己的方向看一看，再拿起手中的笔在纸上描摹几下，他想她一定是在画他，所以特意展示了几个看家本领，做了几个帅气的准备动作。

她没有辜负他，将他的"杰作"都画了下来，他提前结束了游泳时间，跑到她身边去看，那是他也是红叶，他又惊又喜，从未见过这样的画，他问她是怎么做到的。

　　她知道立冬的冬泳风俗，只是这个立冬才第一次亲眼见到有人在游泳，心里满是敬仰，她觉得能在这寒冷的冬日在水里遨游的人心里一定住着火红的太阳，在她心里能代表太阳这种颜色的只有枫叶。于是她脑子里冒出一个念头：用一个个枫叶组成一幅火红的画，所以她画的他由枫叶组成。

　　她想把这些告诉他，可是要张嘴的时候才想起自己从出生起就不会说话。以前别人同她说话，她总是用手语与对方交流，可是看着眼前的他，她的手也不会动了，她打心眼儿里不想让他知道自己的缺陷，她只想让他看到自己的美好。于是，她扭头就跑。

　　他上前去追，她跑得更快了，一个不小心就被脚下的石头绊倒了。他将她扶起，她对他绽放出一个大大的笑容，他回她一个笑容，告诉她每年的立冬他都会在这里游泳，明年也不例外。

　　她觉得一年实在过得太慢了，可是当立冬到了眼前，她又觉得时间太快了，她纠结了好几个晚上，最后还是去了。

　　她到的时候他已经在那里了，他就坐在去年她画画时坐的台阶上，看到她，他高兴极了。他没有再说话，而是用手语和她交流，他说她能来他很高兴，他希望她能像去年一样给他画画。

　　自从去年立冬分别后，他就开始打听她，她也是商丘人，所以打听到她的消息并不难。当他知道她不会说话的时候便开始学手语了，他想靠近她，想照顾她，这念头是他看到她画画的时候产生的。

她虽然不知道这一切，可是当他用手语和她交流时，她的泪水就从眼角滑落下来了，他替她擦拭掉泪水才去游泳。

她比去年画得更认真了，一笔笔、一点点都小心翼翼，那一片片枫叶更有精神了，他也比去年游得更开心，一朵朵被他打开的水花充满活力。

他看她手里的画是那样完美，他夸她有一双巧手，她说他的冬泳是她见过的立冬中最美的风景。

他说自己和她一样，也喜欢立冬的冬泳，觉得这是贺冬习俗里最特别的一种方式。

那天他们聊了很久，越聊越想靠近，他知遇到了对的人，这份遇到不容易，他不想错过。于是，在临走时，他壮了壮胆子对她说，以后的立冬他都想让她待在自己身边，为他画画。

她点点头，答应了他。然后他们的陪伴从每年的立冬变为了朝朝暮暮。不过在那朝朝暮暮中，他们最惦念的还是立冬，每个立冬他们都会去一个地方冬泳，他在水里游，她坐在台阶上画。

我遇到他们的那个立冬，他们在武汉，那时她的画已经从纸上转移到她坐的台阶上，一片片红叶组成的一道道风景铺满台阶，很是美丽，吸引了我的视线。

她好似没有想到会有人来，有些紧张。我说她画得很漂亮，让我看到了"纷纷红叶满阶头"的另一层意味。

　　她对我微微一笑，我问她是怎样想到这种作画方式的，她不语。疑惑间，他来了，他说她是火红的天使，天使是不会说话的，然后他向我讲述了他们的故事。

　　我原以为冬泳是立冬最靓丽的风景线，没想到它只是靓丽风景线的一角……

　　河面，水开花；河边，纷纷红叶满阶头；身边，有火红的天使在作画；画中，立冬的健儿在跳跃……

　　这一幕幕让立冬红火，让贺冬火热。

小雪：小雪寒松正堪盛

醉看雪花纷纷开

这样的小雪甚好：

有酒，可醉；

有"雪花"，时时开；

有人，醉看"雪花"纷纷开。

她叫小雪，生在小雪，喜欢雪花，在她心里最美好的生日礼物就是小雪那天的一场纷纷大雪。

不过，连着好几年她的愿望都落空了，今年是她的本命年，她希望老天可以眷顾她，在她生日那天送她一场雪。为此，她专门在学校附近小店里的

愿望墙上留下了隽秀的小字。

事实证明愿望墙这个东西只是人们心里的一种寄托，它并不灵。那时小女孩的情怀还在，没有雪的小雪和生日让她的心情莫名低落起来，她一个人跑到学校的假山背后，那是她郁闷时常去的地方。

这是学校的僻静一角，平时鲜有人来，她没有想到会在这里碰到同学。

他的老家在北方的一个小镇，每逢小雪，家家户户都要腌腊肉，他不大喜欢吃腊肉，却对腌腊肉情有独钟，他喜欢将一点一点带着香气的调料混合在一起，更喜欢它们带给物体的那种改变。

上大学以前，每年小雪腌腊肉他都参与其中，而不知什么时候这属于家乡的习俗就印在了他的心底，以至于大学时代的第一个小雪他心里魂牵梦绕的都是腌腊肉。于是，他独自到超市买来东西，然后拿到这僻静的地方悄悄腌制起来。

他也没有想到会在这里遇到她，他们的脸上都有些许惊愕。虽然他的东西在他发现有人的那一刻就被他挡住了，但她还是闻到了味道，是酒精的味道，她从小就对酒精敏感。

她突然有了抿两口酒的想法，于是便靠近他一些，对他说："我知道你躲在这里偷偷喝酒，让我也喝一点，我会替你保密的。"

他连连否认，她不信，欲绕到他的身后。他确实买了一点酒，不过那是用来腌腊肉的，他怕被误会，紧跟着她的步伐去遮挡，谁知道她一步，他一步，酒便掉了出来。

她反应极快，一把捡了起来就开始喝，等他从她手中夺下来的时候，里面已经所剩无几。

她是第一次沾到酒，心里火辣辣的，头慢慢开始眩晕，接着整个身子都开始摇晃了。

除了腌腊肉，他也没有怎么接触过酒，更别说接触一个醉酒的女孩，他有些慌乱，不知该怎么办，唯一能做的就是紧紧将她扶住，防止她摔倒。

酒精将她的不快全部吐露给他，她向他抱怨为什么想在小雪的时候看一场雪那样难，她说着说着居然哭了起来，好似受了天大的委屈。

他生性胆小，实在不知道若是这样的画面被别人看到会生出多大的误会。他让她别哭了，他说他可以让她看一场纷纷扬扬的雪。

听他这样一说，她不哭了，说他说谎，他让她坐在那里等他一小会儿。他使尽全身力气，用刀子将那肉片割成小块，然后将白色的面粉洒在上面，像雪一样，然后用绳子串起来。

当他站到她身后使劲挥舞的时候，她的眼前一片一片的白，她没有想到真的下雪了。她用手去接那雪花，觉得它肉肉的很不一样。她定睛看了看，那雪花果然有些特别，很大，而且只有她眼前的一小片。

她摇晃着身子带着醉意问他："为什么这雪花这么奇怪，碰到手不会化，肉乎乎的那么油腻，而且只有眼前的这一片？"

他哈哈大笑，这样的雪花也只能骗得了眼前这个醉醺醺的女孩了，他说这雪花专门为她定制，所以很特别。

听他这样一说，她更开心了，拖着站不稳的身子看向他，深深地鞠了一躬，郑重其事地向他说了一声谢谢。

看到她真诚的笑容，他心里一紧，有些惭愧。她问他如果以后的小雪没有小雪，她能不能再到他这里定制专门的小雪？

他说只要她喜欢就行，她拍了拍他的肩膀，说他是她见过的最大方的人，她要和他做朋友，她将手机拿出来，让他将电话号码存进去。

她以前从来不知道醉酒的感觉，醉一场酒就像做一场以头痛为代价的梦。梦里的事情，清醒后还依稀记得，只是那种记忆有一种缥缈虚无的不真实感。

她看了通讯录，确实多了一个陌生的名字和号码，她很想主动与他联系，看一看他的模样，可是她不知道那天她究竟有多失态，也不知道他眼中的她是什么样的，更不知道自己有什么理由和他联系。于是，他成了她心中的期待，那个名字、那个号码每天都会偷偷看几遍。

日子在她的惦念中一天天过去，第二年的小雪很快便到了，这一年她希望老天不要下雪，因为这样她就可以找他定制她的私人雪花了，她记得他说过只要她喜欢，他会为她定制一场雪。

这一次，天遂她愿，晴朗无云，更无雪。她抱着手机，盯着屏幕，直到夕阳西下，才将电话拨通。

电话那端的他也很紧张，尽管这一次他做了十足的准备，将肉切得和雪花很像，她的声音响起，他的心狠狠地跳了一下。

有的事情一旦开始，你会发现它比想象中的容易很多，就像他们通话、见面都很顺利。这一次她很清醒，她问了他去年的事情，问他为什么会在那里。她也是这个时候才知道他为她定制的雪花是用肉做的。

看着眼前那一粒粒和雪花一样的肉，她知道他一定费了很大的劲，心里很是感动，她对他说以后她想要的生日礼物不是一场雪，而是刚腌制好的腊肉。因为小雪有腌制腊肉的习俗却没有下雪的习俗。

她用水将肉上的白面粉冲洗干净，又拉着他去买各种调料，她说她喜欢吃腊肉，想学习怎样腌制腊肉。

于是这一年的小雪他们腌制了雪花状的腊肉，既好吃又漂亮。后来他们很自然地走到了一起，而走到一起之后的每一个小雪，他们都会腌制一些"雪花"腊肉。

我原本只是好奇他们为何将腊肉腌制成那个样子，既费时又费力，却听到了这个"醉看雪花纷纷开"的故事。

这样的小雪甚好：有酒，可醉；有"雪花"，时时开；有人，醉看"雪

花"纷纷开。

原来，小雪的腌腊肉可以这样美！

唤起"梅花"弄朝晖

来这里看小雪的梅花，遇到的却是小雪的糍粑；

想唤起梅花弄朝晖，却成了唤起糍粑弄朝晖。

糍粑不比梅花差，它们一样美。

世人大多只知道彼岸花有毒，殊不知这世间所有的花都如它一般，自带"毒"性，当你痴迷于它曼妙妖娆的身姿时，它的"毒"性就开始在你的身体里蔓延，你会爱上它，无法自拔。

我"中毒"是在前不久的菊花展上，那一朵朵、一簇簇，如修成正果的精灵，摄了我的魂魄，让我忍不住想要看看其他的花变成精灵的模样。

菊花凋了，梅花来了。刚立冬，我就开始四处打听，念叨梅花展。终于，在小雪前夕，我接到朋友的电话，她说南方一个偏僻的小镇有梅花展，就在小雪那天，她叮嘱我早些去。

我于是订了当晚的机票，在凌晨之际赶到距离那里最近的地方，再大早前往小镇。

到小镇时，时间刚刚好，朝晖才露羞容。只是小镇不大热闹，丝毫不像梅花展该有的样子。好不容易看到一个过路行人，赶忙去询问梅花展的事情，她说的方言我听不懂，只能顺着她手指的方向往前走。

前面渐渐热闹，我加快了步伐，想象着梅花精灵的美妙，可是热闹的中心并没有花，只有几个人围在石槽边，不知在敲打些什么。

我问身边的姑娘梅花展在哪里，她说这里没有梅花展，只有糍粑展。

梅花？糍粑？我打电话质问朋友，她说她也是听别人说的，我感叹道听途说的可怕，这两个毫不相干的词就这样被混为一谈了。

想起这一路的奔波，我有些哭笑不得，身边的姑娘听到了我的电话内容，好似明白了这场乌龙的前因后果，她告诉我虽然不是梅花，可是韵味却一点也不比梅花差，让我安心去体验。

她面带微笑，声音里满是诚挚，令我对从未见过的糍粑生出好感，我静静地站在那里看着眼前的一切，早已把梅花展抛到了脑后。

他们一下一下地敲打，我能清楚地看到他们额头渗出的汗珠，石槽里面的东西越来越细腻，我能闻到它的香味。

她第一时间将做好的糍粑拿给我尝，有糯米的、小米的，还有两者混在一起的。它们表面金黄，里面洁白，用手轻轻扒开，还能看到那长长的细丝儿。入口，柔软细腻，味道用"绝佳"这两个字来形容真是一点儿也不为过。

她问我："怎么样，没有让你失望吧？"

我用力点头说："这是我吃过的最好吃的甜点。"

她说这糍粑和普通的甜点并不一样，它很好消化，有吸脂减肥的作用，在当地非常受欢迎。

我看着那些做糍粑的人儿，他们额头的汗珠还在，我问她是不是每一次做糍粑都是这般辛苦。

她告诉我糍粑分手工和非手工，这手工糍粑并非什么时候都可以吃到，一年一度，也只有小雪这个日子他们才会做手工糍粑。

我说小雪真是个好日子。

她说的确，所以糍粑才会从古至今甘愿依附着它，做它的节气食品。原来在这个小镇自古以来就有"十月小雪吃糍粑"的习俗，他们有"十月朝，糍粑禄禄烧"的俗语，有小雪的糍粑情，有糍粑的小雪情。

五年前她第一次看到它的时候就被它深深地吸引，认识了当时正在打糍粑的他。

她当时就站在他的面前，他那一滴滴汗珠她看得很清楚，她打心眼里心疼他，因为他脸上还带着灿若阳光的笑容。

她上前用自己新买的丝巾给他擦汗，他拿过丝巾将他的手也擦干净，然后拿了一块糍粑塞到她的嘴里，他说算是道谢。

糍粑的香味和他的汗味混在一起，她喜欢那种味道，说这谢礼太贵重了，就跑出去买了一瓶水给他喝，他又喂她吃了一小块糍粑，他说在她面前所有看似贵重的礼物都很平凡，因为她如同糍粑一般自带清香，那清香装满了善良。

她喜欢他的阳光，他喜欢她的善良，他们就那样在一起了。而从那之后的每一个小雪，他在那里打糍粑的时候，她都会站在他的面前给他递水，替他擦汗。

我说他们的故事如同小雪一样美，如同糍粑一样好。

她笑了，问我今日所见的糍粑比心目中的梅花如何？我说："原本我以为这个世界上花是有'毒'的，却没有想到糍粑也有'毒'，今日之后我不仅中了花'毒'，还中了糍粑的'毒'，这'毒'会让我的相思之病越来越重。"

她笑得更大声，说这样的"毒"有解药，中得越深越好。

这里看小雪的梅花，遇到的却是小雪的糍粑；想唤起梅花弄朝晖，却成了唤起糍粑弄朝晖。糍粑不比梅花差，它们一样美。

大雪：一片飞来一片寒

江南寒色，不厌人看

河面有冰，空中有雪，雪中有他们，

这一个大雪风景甚好，这一趟江南没有白走，

江南寒色，果然不厌人看。

她不喜欢冬天，尤其是"千里冰封，万里雪飘"那样的画面。人们说她缺乏一双欣赏美的眼睛，她说在她眼里冻人的美没有欣赏的必要，因为她实在太怕冷了。

她家小妹与她相反，最喜欢冬天，尤其是有观赏封河习俗的大雪。每年的那一天对她是最快乐的，她可以在结了冰的河面上肆意玩耍，可以尽情享

受属于她的"千里冰封，万里雪飘"。

那年大雪，她的父母有事外出，将小妹交给了她，让她看着点小妹，以防她在河面上玩得太嗨而遇到危险。

那天空中飘着鹅毛大雪，她光是透过窗户看一眼就觉得冷。她劝小妹在家待着，结果却被小妹说服自己一个人待在家里。小妹向她再三保证这样的天气自己绝对不会到河面上去，最多就是到河边观赏一眼封河。

这个世界上，最不能低估的东西是喜欢，她真不该低估小妹对滑冰的喜欢。没过多久她就接到小妹的电话，说是在河面上崴到了脚。

一想到躺在河面不能动的小妹和河里可能会慢慢融化的冰，她被吓到了，赶忙驱车而去。心越急越是不顺利，快到达目的地的时候，她的车子打了滑，差点碰到路边的他。

她下车向他道歉，他说一个女孩子在这样的天气独自开着车太危险了，问她是否有急事。

她向他说了小妹的事情，他问她是否懂得冰面的自救方法，她茫然地摇摇头。他先她一步上车坐到驾驶员的位置上，说他可以帮上忙。

他们到时，小妹正坐在河边的雪堆中，手抱着脚不停揉搓，看到那样的画面，她终于松了一口气，跑过去好一顿教训。

她的教训，小妹一个字儿也没有听进去，拉着姐姐欲将她拉起的手，按在雪地里。

　　她觉得一阵冰凉，大叫一声"冷死了"，小妹说觉得冷是因为整天把自己关在温室里，导致浑身的温度变高了。她告诉姐姐冬天是美的，雪是美的，结了冰的河面也是美的，她还说大雪是最美的节气，观赏冰河是最美的习俗，这些美好的东西不该被厌弃。

　　她不以为然，说在她的眼中，"冬天""大雪""冰"和美丝毫沾不上边，她无论如何也不会喜欢上那些东西。

　　"你不喜欢雪？"他的声音响起的时候她才意识到身边还有一个人，不知什么在心里作祟，有些不好意思，声音也低了下来，"是啊，我怕冷！"

　　"你经常敷面膜吗？"他这个话题跳得太快，她呆愣了一会儿轻轻点头，说女孩子大多都是爱美的，她也不例外。

　　他到地上抓起一把雪，将手心手背和脸颊都抹上一些，眨眼工夫，雪化成了水，他摸了摸还在皮肤上挂着的水珠，然后轻轻用手拍打几下，水珠便不见了。他问她敷面膜是不是就是这样子。

　　她被逗笑了，竟也学他那样子在手上试了试，亲眼看着那莹莹的白变为一颗颗小水珠再钻进皮肤里，突然觉得雪其实挺有意思的。

　　他说他的母亲告诉他大雪的雪水是最好的面膜，只要取一些涂在身上，被涂的地方就永远也不会被冻伤。

　　她越发觉得不可思议，取了一些涂在脸上，虽然她不知道他说的是真是假，但是雪并没有她想象中的那样冷。

他又带她去感受了冰封的河面，滑溜溜的，分外有趣，她说她好像开始喜欢冬天喜欢雪了。

这会儿小妹得意得不得了，她自豪地说能被众多人喜欢且成为习俗的东西肯定是分外有趣的。大雪的观赏封河、滑冰玩雪自然也不例外。

她第一次仔细又认真地欣赏着属于大雪的风景，她说以前总想着找一个江南的男朋友，将来嫁过去不用再过冬天。现在她不那么想了，她觉得找一个北方的男朋友更好。

听她这样一说，他心里有一丝莫名的紧张，赶忙解释："江南的冬天也会下雪，江南的大雪节气也有观赏封河、滑冰玩雪的习俗。"

"你是江南人？"小妹从他看姐姐的眼神里看出他对姐姐的那份特殊的紧张。

他轻轻点头，说他确实是江南人，这次是特意到北方来欣赏北方的大雪的。他趁机邀请她们下一年的大雪到南方去体验南方的风俗，他说北方的大雪很美，南方的也不差，相比起来，他觉得南方的有细水长流的味道，更耐人寻味。

于是，第二年的大雪他们相约在江南，那天江南没有纷纷扬扬，细小的雪花，淅淅沥沥的有一点春雨的样子，河面也没有结冰，水缓缓地流着，雪花打在上面，很快就消失了。

小妹说还是北方的大雪好，纷纷扬扬一阵子，地上全都是白色。

他不以为然，说那样的雪像是热恋，来得快走得也快，而江南的雪才像是过日子，细水长流，累积的都是日子里的温暖。

他的比喻确实挺形象的，那天的雪一直不紧不慢地下着，到了晚上大地竟也银装素裹起来。

他问她江南的大雪节气如何，她说如他描述的那般，很耐看。他又借此机会向她表白，问她愿不愿意就那样一直看下去。

她没有说话，只是今后江南的每一个大雪，她都没有缺席。

如今，他们已经年过三十，仍然会在大雪这天手牵手观赏封河，看雪花飘落。相比封河、雪花，我觉得他们是大雪中更靓丽的一道风景线。

河面有冰，空中有雪，雪中有他们，这一个大雪风景甚好，这一趟江南没有白走。江南寒色，果然不厌人看。

鸿雁飞去，温情还在

鸿雁已去，温情还在。

爷爷对大雪、对红薯粥的情，她对爷爷、对大雪、对红薯粥的情都会一直在。

在遇见她之前，我从来都不觉得红薯粥那样好喝，更不知道蕴藏其中的绵绵情意和无限知识。

遇见她在滨州，当时已是深夜，那会儿寒风凛冽，细小的雪花漫天飞舞，刚完成工作的我在搜寻吃食，我抱紧双臂，完全已经忘记时间。

街上冷冷清清，她是我徘徊中遇到的唯一一个卖吃食的人。我没有选择，只能吃她的红薯粥。

不知是不是太饿的缘故，我觉得她的红薯特别甜，粥特别香。我一连喝了两碗，说这是我喝过的最好喝的红薯粥。

她说今天的红薯粥之所以好喝，是因为今天是大雪，是喝红薯粥的日子。我这才意识到今天是一年中第二十一个节气——大雪，他们这里大雪有喝红薯粥的习俗。

我问她是不是这里的每一个人都很重视节气和习俗。她摇摇头说很多人都不大重视。

她说她原本很讨厌红薯，更别提红薯粥了。可是每逢大雪她的爷爷都会逼她喝红薯粥，说那一天的红薯粥不仅有健脾养胃的功效，还可提高人体免疫力，喝了对她有好处。

她说她脾胃健康，免疫力极好，不需要喝红薯粥。可爷爷总会瞪着眼睛呵斥她并且一勺一勺地喂她喝完一碗。至今，她还能清楚地记得她当时边喝红薯粥边流眼泪的样子，那时候她想着如果世界上没有大雪、家里没有爷爷，一定是一件特别幸福的事情。

不过，她那样想的时候从来没有想过有一天爷爷真的会永远消失。

那年她九岁，那天是大雪的前夕，她将自己的烦恼告诉好友，她说她真希望明天永远不要到来，因为她实在不想喝红薯粥。

好友听了她的诉苦，有些不可置信。好友告诉她，爸爸、妈妈、爷爷、奶奶全都是围着自己转的，他们对她无比疼爱，只要是她不想吃的东西，他们连看都不会让她看到。

她听了羡慕极了，在她家里什么都是她爷爷做主，她感叹要是生在好友家多好，就不用喝讨厌的红薯粥了。

好友看她那样为难，便给她支了一招，让她偷偷跑出去玩，这样就不用喝红薯粥了。她觉得好友的建议棒极了，回到家便开始谋划第二天的偷溜。

她爷爷养了两只鸟，她知道爷爷很喜欢它们，他还给它们起了好听的名字——鸿雁，爷爷每天早上起来的第一件事就是喂鸿雁。

于是，她在晚上偷偷把鸿雁放走了，第二天爷爷看不到鸿雁一定会出去找，那是她开溜的最佳时机。

一切如她所料，她溜得很顺利，她去了最喜欢的河边，却怎么也没有想到自己一个不小心会滑到河里。

她虽然会游泳，但是河水的冰冷让她感到刺骨的难受，她根本使不上力气，就在她觉得自己的身体快要沉下的时候，爷爷出现了，她不知道爷爷是用了怎样的速度来到她的身边，将她高高地举起，直到她被人发现后

救起。

可是爷爷却再也没有回来。

爸爸狠狠地揍了她一顿，她哭得很伤心，因为她知道爷爷再也回不来了。

她看到桌子上摆的红薯粥，跑过去一口将它喝完，她哭着让爷爷回来，她说从此以后她一定会乖乖喝红薯粥，不会再淘气了。

一年又一年，无论她怎样乖乖地喝红薯粥，爷爷都没有回来。

后来，她大了一些，自己学会了做红薯粥，每逢大雪，她都亲手为家人做，像曾经的爷爷一样。她也养了两只鸟，给它们取名叫鸿雁，只是鸿雁好像不怎么喜欢她，总是找机会偷偷飞走。

她索性将它们放了，因为她知道她终究留不住它们，就像她留不住爷爷一样。她希望它们能飞到爷爷的身边，告诉爷爷现在的她非常喜欢喝红薯粥，每年大雪都喝。

再后来，她工作了，时间没有之前宽裕，不过每逢大雪，不管下班多晚，她还是会亲手做一些红薯粥，除了给家人，还分享给更多的人。

"大雪喝红薯粥是一种习俗，是世世代代留下来的，不管你喜不喜欢，都得喝！"这句话是她爷爷曾经呵斥过她的，那时她还很小，爷爷呵斥她的时候她都没能记住，可是不知为什么，长大之后，这句话却经常在她脑子里回荡。

我说习俗确实是好东西，爷爷呵斥得很对。她说她要是能早些明白这个道理就好了，那样爷爷就不会因为她的胡闹而丧生。

我说她现在做得很好，爷爷钟爱的习俗已经通过她被很多人知道了。

她说可惜爷爷已经像鸿雁一样飞走了，再也不会回来。

她说得没错，爷爷是像鸿雁一样飞走了，不过我想：鸿雁已去，温情还在。爷爷对大雪、对红薯粥的情，她对爷爷、对大雪、对红薯粥的情都会一直在。

冬至：阴伏阳升淑气回

那一朵梅，含苞待放

那一朵朵梅花，含苞待放，
它们确实是冬至里最美的饺子。

转眼，又到了冬至。这个冬至对她来说有所不同，这是她跨进大学校门的第一年，也是她离开家人、独自在学校里度过的第一个冬至。

她之所以对冬至记忆深刻是因为妈妈包的饺子，那一天的饺子与其他任何时候都不同，如同含苞待放的梅花。

她曾问过妈妈，冬至的饺子为什么与往日的不同？妈妈告诉她，因为冬至的饺子本身就与众不同。

冬至是节气，冬至的饺子是节气的饺子。冬至吃饺子是一种习俗，一个为纪念医圣张仲景冬至舍药而留下的习俗。妈妈说，像张仲景这样能在寒冷的冬季给人送去温暖的人很美，宛如盛开在寒冬中的梅花，所以用来纪念他的饺子也应该如同梅花一样。

这一天她在学校食堂穿梭了好多次，也没有看到梅花饺子，他们还告诉她从来没有听过更没有见过她口中的梅花饺子。

她又到外面的小街去搜寻，得到的结果和学校食堂一样。她有些气馁，长长地叹了一口气。她给妈妈打电话，妈妈没有想到自己曾经说过的那些话她记得那样清楚，妈妈告诉她那些话只是自己的想法，和冬至吃饺子的习俗并无干系，让她不要太在意。

虽然母亲这样安慰她，但她还是无法做到不在意。她曾经专门了解过张仲景，他的很多事迹都和冬至赠药一样美，在她心里用来纪念他的饺子就应该别致美丽，如同盛开在冬季的蜡梅。

他没有见过梅花饺子，也没有见过到处找梅花饺子吃的女孩，在他心里饺子是特别的，女孩更特别，所以当看到她在学校食堂四处寻找的时候，他就悄悄地跟在了她的身后。

他不知道梅花饺子之于她有什么意义，但是他看到她找不到梅花饺子后的伤心，便小心翼翼地靠近她，对她说："找不到梅花饺子没有关系，可以自己包。"

她看着眼前这个陌生人，眼睛眨了几下，露出笑容，她说那真是个好主意。她问他会不会包饺子，他摇摇头，说她也不会包。

他不想让她刚绽放的笑容这么快就凋谢，赶忙对她说："不会包没有关系，我们可以学呀。"

于是，他们买来饺子皮和饺子馅，一边研究一边包，她说只要把馅儿紧紧地包在皮里面，然后设法捏成梅花状就行了。

他们很用力也很用心，数个小时之后，梅花饺子被他们包出来了，他仔细盯着饺子看了许久，有些不相信那是他包出来的。他高兴不已，忍不住感叹道："原来，这就是梅花饺子！"她也盯着饺子看，只是眼里没有他的兴奋，她说这梅花饺子颜色不对，它不该是白色的。

可是怎样才能包出粉红色的饺子，他觉得那是不可能的。她说她以前吃的饺子就是粉红色的，于是她再次打电话向妈妈请教，妈妈告诉她是面粉的问题，想包出粉红色的饺子需要在普通面粉中掺一些红豆面或者草莓粉。

她嘟着小嘴看着他，说："还是失败了。"

他灵机一动，说还有补救的空间，他飞快地跑去买了些草莓粉，将它们撒在包好的饺子上拌了又拌。

这一招果然有用，一个个饺子真的变成了一朵朵含苞待放的梅花，他们用手摸了又摸，用鼻子嗅了又嗅，脸上露出了满足的笑容。

　　他说他现在才知道原来以前过的冬至都是假冬至，吃的饺子都是假饺子。他提议要找个地方将那些饺子煮了吃掉，真正过一次冬至。

　　他们跑了很远，才找到一个愿意让他们煮饺子的小店，可是没有想到那些梅花下水之后褪了色，锅里的水粉红粉红的，锅里的饺子却像脱了衣服的梅花，褪为白色。

　　他们对视一会儿，哈哈大笑起来，她说以后要好好练练手，明年的冬至一定要包出成功的梅花饺子。他说他也想包出漂亮的梅花饺子。

　　我想他们一定练得很用心，不然我也不会在那个冬至遇到那么美丽的饺子，我差点以为它是真的梅花，那一朵朵含苞待放，让我有些不忍心去吃。

　　我问他们怎么会想起包这样的饺子，他们向我讲了张仲景冬至赠药的故事。我感叹自己过了那么多年的冬至，吃了那么多年的饺子，只知道冬至吃饺子不冻耳朵，却不知道是为了纪念张仲景冬至赠药。

　　我问他们怎么想到开这个小店，她先向我讲述了他们的故事，又纠正了我的错误。她说这家店不是他们开的，他们只是与店主协商，每年冬至都会在这里包梅花饺子，让更多人看到冬至里最美好的饺子。

　　他们做到了，那一朵朵梅花，含苞待放，它们确实是冬至里最美的饺子。

有一抹白，似雪非雪

有一抹白，似雪非雪，

它如同一根牵着姻缘的线，

线的这端是冬至的九九消寒，线的那段是喜欢冬至、喜欢九九消寒的你我他，感谢此线，让我们遇见。

天气这个东西真是神奇，眼前大雪纷飞，寒风凛冽，数百里之外却可能是晴空万里，阳光普照。

当她捂着大棉袄戴着厚帽子出现在阳光下的时候，心里略微有些失望，因为晴空下的平遥她是看过的，她这次是特意来看雪花飘飘的它，可惜天气预报欺骗了她，说好的大雪说没就没了。

她安慰自己说不能看雪花飘飘的平遥，看一看冬日里的平遥也是好的。

遇见他们是她在去平遥的路上，靠近他们是因为那一抹白，远远地望去，白茫茫一片，像是一堆雪。她好奇那是怎样的一堆雪可以在阳光普照下完好无缺，所以一探究竟。

当她走近，才发现，那不是雪，是身着白色汉服的他们。他们很有趣，不仅将自己裹在白色中，还将周围的一切也包裹在白色中，亭子穿了白纱，

地面铺着白布，四周挂着白色的宣纸。

他们发现她这个与这里格格不入的"色调"，主动靠近，先一步说话："这个地方只有懂它的人才能靠近。"

他们问她懂不懂这一抹白，她说这一抹白似雪非雪，里面是满满的圣洁，这一定是一场拥有圣洁心灵之人的聚会。

"这一抹白，似雪非雪"，他们重复她这八个字，说她虽然不是内行，但这八个字说得不错，可以进去待一小会儿。

她很珍惜他们口中的"一小会儿"，她认真打量着眼前的陈设。首先映入眼帘的是白色宣纸上的梅花，全部是素笔勾勒，她数了数，一共是八十一朵。紧挨着梅花的是一块方格表，也是八十一格。

这样的情形很熟悉，她曾经在书中看到过，这是冬至的"九九消寒"。她一度觉得这是最美好的节气习俗——那八十一朵素墨勾勒的梅花，从冬至开始每天用红或黑笔涂抹一朵，待梅花涂完，九九便尽；那八十一个方格亦是如此，从冬至起一天涂抹一格，格满九尽。

她没有想到时至今日还能看到这冬至的"九九消寒"，心里顿时激动不已。她说这里少了九体对联，那是"九九消寒"习俗里最雅致的东西。

她一语惊人，他们赶忙邀她坐下。坐到席间，她才发现，席上的碟碗竟也都是九套，他们确实用心，但是在她心里这份用心仍然抵不上最雅致的九体对联，她说："春泉垂春柳春染春美，秋院挂秋柿秋送秋香。"

九体对联每联九字，每字九画，她自知自己没有水平创作，便在心中牢牢地记了一句，没想到此时竟派上了用场。

她说完便有人拿了宣纸写下了上下联第一个字的第一笔，这九体对联上下联各一笔，待它完成九九尽。他们看着她，万分高兴，说今年"九九消寒"的队伍又壮大了。

她这才知道这个队伍是由一个人慢慢发展起来的，她佩服最初那个人，问他是怎样做到的。他说他觉得这样好的冬至习俗不应该就此消失，本是打算一个人去延续的，没有想到这个世界上喜欢冬至，喜欢"九九消寒"的人不止他一个人，他们慢慢加入，这个队伍也就慢慢壮大了起来。

她说将喜欢的东西传递下去，本身就是一件幸福的事情，而能在传递的过程中遇到一群志同道合的人该有多幸福，她也想体会这种幸福。于是，从那一刻起，她下定决心，要把"九九消寒"在自己的城市传递开来。

我遇见她的那个冬至，她的队伍已经有五个人了。我和她的遇见和她和他们的遇见简直如出一辙。

我也是远远地看见一抹白，以为是雪。她像他们曾经问她那样问我，我说我以为这一抹白是雪，没想到是几位如雪一样美的姑娘。

她说我太会夸人了，让她不忍心拒绝，于是我被她邀请了进去。素笔勾勒的八十一朵梅花，九九八十一个格子，才写了一笔的上下联……

我问她是不是"一九二九不出手，三九四九冰上走，五九六九河边看柳，

七九冰河开，八九燕归来，九九加一九，耕牛遍地走"也是"九九消寒"的
一部分？

她告诉我那是九九消寒歌，每个地方都不一样。真要感谢那一抹白，让
我遇见她们。她说她也感谢那一抹白，似雪非雪的白，让她遇见他们。

这个世界上有一抹白，似雪非雪，它如同一根牵着姻缘的线，线的这端
是冬至的"九九消寒"，线的那段是喜欢冬至喜欢"九九消寒"的你我他，
感谢此线，让我们遇见。

小寒：江雨蒙蒙作小寒

雾里看山山犹寒

那天，是小寒，有雾。

她在这里嬉冰，他在雾里看山，她的冰落在了他的身上。

于是，他结识了她，也结识了小寒，结识了冰嬉。

在她的眼里，这个世界上最美丽的地方就是她的家，那里依山傍水，仿若世外桃源。

她小时候最爱寒冷的冬季，尤其是小寒，冬日一到，天气渐冷，水面上会结一层冰，那是她最喜欢玩的东西。只可惜母亲总是千方百计阻止她，除

了小寒那一天。于是，在那个她还不知道什么是节气的年纪，小寒便悄悄地

印在了她的心底。

　　长大后，早早埋藏在她心底的小寒更是悄悄地开出了一朵冰一样圣洁透亮的花，她了解了很多关于它的知识，她也是在那个时候才知道母亲的心意，原来冰嬉是小寒里的一种习俗。

　　不知是"习俗"这两个字在她心里作祟，还是小时候的那段记忆在她心里作祟，如今的她对小寒和小寒的冰嬉仍旧念念不忘。只是，她生活在都市，处处都是高楼大厦、车水马龙，依山傍水的房子和结冰的水面实在是罕见。为此，她每年的小寒都会回一趟老家。

　　这一年的小寒，天是阴的，山和水面都罩上了一层迷雾，水面上的冰很薄，她不能像往常一样在上面尽情嬉戏，便用手将那一层薄薄的冰捞了起来。

　　薄冰很脆，手轻轻一捏，它们就像小宠物一样钻进她的手心，冰冰的，很美妙。她想将这种美妙的范围扩大，于是一把一把将它们洒远，一不小心就打到了他的身上。

　　他也是爱山爱水之人，只是生在都市，与山水接触的机会总是很少，这次好不容易到这个山城卢氏来出差，自然要好好游玩一番。

　　他本来还感恩上天给他一个阴天，可以让他不用饱受寒冷，好好看一看雾中山，却没有想到雾中的山也有寒气，冰冷冰冷的。

他本以为会有细小的雪花悄然降落，却在这冰冷的寒气中听到了一阵清脆的笑声，循声而去，看到正在洒冰的她。

她玩得那样开心，让他不忍心打扰，任由她手中的冰洒到他的身上。待她发现他的时候，他的脸和发梢都湿漉漉的。

她问他为何不出声，他说他在安静地感受"雾里看山山犹寒"的意境，这意境很好，没有让他失望。

"雾里看山山犹寒"。她重复一遍他的这句话，说她喜欢这句话。她觉得用它来描述小寒里眼前的这座山和这汪水实在是再合适不过了。

他问她为什么是小寒？她说因为小寒有冰嬉的习俗，她将自己知道的关于小寒冰嬉的一切全都告诉了他。

他顿时对小寒、冰嬉来了兴致，之前对寒冷的一丝丝畏惧全都消散。他学着她的样子从河里捞起冰来四处抛洒，玩得比她还开心。

他问她是不是每年的小寒都会这样尽情地与冰嬉戏，她说今年由于天气的原因，水面上的冰变薄了，她才选择了这样的方式。以往的时候，冰非常厚，她躺过、踩过、滑过，也雕刻过……嬉戏的方式非常多。

他说他只在电视里见过她口中描述的情形，他不敢想象现实生活中真有那样的浪漫。他问她以后的小寒可不可以带上他一起冰嬉，她点头应了他。

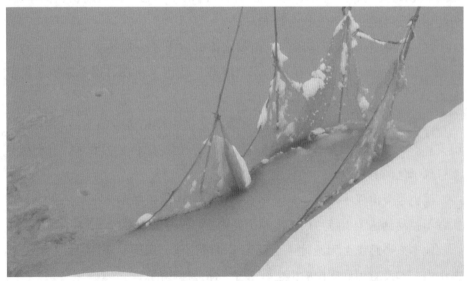

于是，那年之后的小寒，这汪水面上又多了一个他，他与她一起冰嬉。

我遇见他们的时候，河面上结了厚厚的冰，他们专门带了工具凿冰，在为之后的雕刻做准备。

我以为他们是专业的冰雕者，细细地看了一会儿，当我发现他们将一个个歪歪扭扭的东西摆在眼前并且相视而笑的时候，我才知道他们只是随意玩耍。

我问他们会不会很冷，他们摇头说不冷，还邀请我来试一试。我出于好奇接过了他们递来的刀子和冰，这刀子和冰好似有魔力，在我接过的瞬间，我就喜欢上了它们，一下一下认真地刻着，心里只觉得有趣，哪里还能想得到"冷"这个字。

我说我从来不知道冰竟然这样好玩，他们说小寒的冰当然好玩，不然冰嬉也不会成为小寒的习俗，然后我又被科普了一下冰嬉这个习俗。

我像曾经的他一样爱上了小寒的这个习俗，问了他们很多相关的东西。他们说可惜这个小寒没有雾，不然也让我感受一下"雾里看山山犹寒"的意境。

我说我的想象力很丰富，我可以想象这里罩满迷雾的样子，我想感受那个意境。

他们将冰打碎，握在手心，我闭着双眼，想象着自己已经置身迷雾之中，当碎冰落在我的脸上和头上时，我体会到了"雾里看山山犹寒"，确实很美。

他们告诉我那也是他们初遇时的情形。

那天，是小寒，有雾。她在这里嬉冰，他在雾里看山，她的冰落在了他的身上。于是，他结识了她，也结识了小寒，结识了冰嬉。

东风吹雨雨如珠

"东风吹雨雨如珠"，

这雨是小寒的雨，这珠是小寒的珠，

它们如此美好，如他与她的相遇。

生在北方的她，与小寒的雪十分熟稔，与小寒的雨却素未谋面。当她第一次在小寒看到雨的时候，心里的激动瞬间溢出。

那是在南京，是她到那里工作的第一年，豆大的雨点儿在小寒那天滴答地落了下来，她觉得不可思议，像是在做梦。打开窗子，将手伸了出去，雨落在她手上，圆圆的如同珠子，她确定这是真的雨而不是梦。

在她心里，冬日降雨是一件神奇的事情，她决定去接受神奇的洗礼。于是，她载着欢呼声来到雨中，一圈一圈自由地打转，任由雨点儿在她的额头、脸庞……肆意敲打。

　　他生在南京的一个小镇，是个地地道道的南京人，小寒的雨他见过不少，但他并不喜欢那一天的雨。

　　他家里人很重视习俗，节日或节气时会煮习俗里的菜饭吃，若是谁有事在外不能回来，闲着的人会专门盛一些给他送去。

　　自打他工作后，他便成了那个有事在外的人。年年小寒家人都会给他送一些菜饭，而那个时节下雨出行总没有晴天方便，所以他不喜欢小寒的雨，也不希望小寒下雨。

　　不过他虽不喜欢，却也不能阻止，唯一能做的就是在雨中接过家人送来的菜饭，那年依然如此。

　　雨下得有些大，他打着雨伞，抱着家人送来的菜饭走得很快，只想着早些逃离大雨。没有想到会遇到在雨中打转的她，还被她一个不小心碰掉了雨伞和怀里的菜饭。

　　菜饭滚到雨中，雨水很快将青菜、肉片、糯米……全数冲刷。

　　她傻眼了，不知道该如何道歉；他也傻眼了，没有见过谁会在雨中打转。

　　她的"对不起"和他的"你不冷吗"几乎是同时出口。

　　他说她能在这个时节来到雨中打转一定是遇到了非常幸福的事情，若是她能将这份幸福分享，让他也有一丝幸福的感觉，那就是对他最好的道歉。

她说她只见过小寒下雪，从未见过小寒下雨，她觉得这漫天水珠美丽、特别，一时兴奋，没有控制住自己的心情。

他被她一脸的天真惊到，以至于有些怀疑自己对雨的感觉。他用手接了雨滴仔细看了看，果然如她所说像珠子一般，以前怎么没有发现它们那样可爱？

她说不是他以前没有发现，而是这一天的雨就是和以前的不一样，她也见过很多雨，可是这小寒的雨就是给她一种很特别的感觉。

他说小寒的雨他也见过不少，只是一直都很讨厌它。她羡慕他能经常看到小寒的雨，又疑惑他为什么会讨厌这珠子般美丽的雨。

他告诉她，他们家小寒有吃菜饭的习俗，每逢小寒他家人都会来给他送菜饭，而雨天不方便他们出行。

她不明白为什么非要送，她问他菜饭是不是很难做。他摇摇头，说菜饭很简单，就是将青菜、肉片、香肠片、板鸭丁和生姜、糯米等东西混合在一起煮一下就行了。

听他这样一说，她更加不理解，反问他：既然这样简单，为什么要让家人送呢，自己做不就行了吗？

他突然不知该如何回答，只吞吐说自己不会做。她说不会做没有关系，她可以教他，就当是她偿还被她打翻的菜饭。

他本以为她只是说说，没有想到她说今天一定会把他教会。

虽然是她教他，可是作为地道的南京人，他还是站在一旁，凭着印象给她做了一些指导，菜饭确实很简单，他们很快就完成了。

不知是因为太饿，还是因为太冷，当看到冒着热气的菜饭出锅的时候，他们觉得香极了，不约而同用筷子夹了一口塞到嘴里，她问味道如何，他说非常好吃，和家里的一样。

她说这么好吃的东西应该有一个好听的名字，"菜饭"这个名字应该换一下。他觉得她这个提议好极了，说既然它如珠子般的雨一样美好，不如就叫它"雨如珠"。

当他说出"雨如珠"这三个字的时候，心里乐开了花，没有想到自己的那张笨嘴还能说出这么美的名字。正当他得意扬扬、沾沾自喜之时，她说她记得下雨的时候还刮了东风，叫"东风吹雨雨如珠"比较好。

于是，属于他们的"东风吹雨雨如珠"便诞生了。

"东风吹雨雨如珠"，当我看到这个菜名的时候，就对它充满了兴趣，没有想到它的背后还有这样一个故事。

店员告诉我那是他们老板和老板娘的故事，这道菜是习俗菜，只有小寒的时候才有，其他的时间吃不到更看不到。

看着眼前冒着热气的食物，有颜色、有香气，我想它一定很好吃，如同它的名字一般。

"东风吹雨雨如珠"，这雨是小寒的雨，这珠是小寒的珠，它们如此美好，如他与她的相遇。

大寒：淡日寒云久吐吞

误入深山遇山矾

误入深山遇山矾，

感谢自己误入这片深山，

遇到这个叫山矾的姑娘和那一朵朵载着幸福的山矾花，

也感谢山矾，让我邂逅了一个甜蜜的大寒和别样的赶婚。

来到贵州那座深山，是一个偶然。

那年，我到那里游玩，一不小心乘错了车，往相反的方向走了好几个小时，索性顺其自然、将错就错，误打误撞走进了那座不知名的深山，看到了我从未见过的画面。

　　那是在我进入深山一个小时之后的事情，原本寂静的一切突然热闹起来，鼓声、乐声渐大，伴着它们而来的是数十对新人。

　　之前我见过集体婚礼，但是深山里举办的集体婚礼我第一次遇到。那里没有一处平地，他们高高低低地站着，新娘们仿若长在这山里的一朵朵花。

　　新娘们的头上确实都插着一朵一模一样的花，细小的白色簇成一朵，我没有见过这种花，更叫不出它的名字。不过这倒给我上前搭讪提供了一个好的理由，我靠近离自己最近的那位新娘，问她头上插的是什么花？

　　她告诉我那花的名字与她的名字一样，叫山矾。她的回答让我误以为她们选择戴山矾花是因为她们的名字都叫山矾，我问她这么多同名的女孩儿是怎样认识的？

　　山矾愣了几秒，告诉我她们并不同名，这里面只有她叫山矾，她们之所以会认识而且选择在大寒这天结婚是因为她们都是习俗爱好者。

　　我这才意识到这一天是大寒，我走了不少地方，也对一些习俗有所了解，只是我怎么想也无法想象大寒与结婚它们之间的瓜葛。

　　她看出了我的疑惑，主动为我解释，她说这是以前大寒的赶婚习俗，大寒在年底，人们认为那会儿诸神都会上天汇报一年的工作情况，没有什么禁忌，再加上又是农闲之际，所以是结婚的好日子。这习俗带有一点迷信的色彩，后来已经慢慢消失，她偶然从书中看到，觉得颇有意思，于是便把它分享到了她们的习俗爱好群里去。

后来，不知是谁提议将赶婚习俗重演，让群里正处在谈婚论嫁的姑娘与小伙子们把结婚的日期都定到大寒这一天，搞一个集体婚礼。大家纷纷同意，于是便有了眼前的画面。

有这样一个甜蜜的习俗，我越发觉得大寒如蜜，一下子就甜到心底。

山矾说她们也没有辜负如蜜的大寒，嫁给爱情的婚姻，故事也如蜜一样甜。

她是创建这个习俗爱好群的群主，重演赶婚习俗的策划自然落在了她身上，从场地到过程再到怎样才能更完美地将习俗凸显出来，这中间的每一个细节她都必须考虑全面。

那段时间，她将自己工作之外的所有时间都付诸在这件事上面，就连出去吃饭，她也会将策划案放在手边，随时拿出来查看、标记。一次她正看得投入，领导的电话打过来，公司临时有重要事情需要加班，慌忙中她将策划案落在了吃饭的地方。

山矾的策划案标记满满，他捡到的时候忍不住看了一眼，当标题"赶婚"这两个字映入眼帘的时候，他因为疑惑往下看了一些。看明白之后，他突然想参加这场有趣的婚礼。他准备在原地等待这场婚礼的策划者，并且自己也报名参加，他笃定丢失的那个人会来拿。

山矾发现东西丢了已经是三个小时之后的事情了，她赶忙到吃饭的地方去找，于是遇到了在那里等待的他。

在看到山矾的那一瞬间，他呆住了，忘记了自己等待的目的。因为眼前的这个姑娘他见过，那是在一次旅途中，当时她穿着一身古装在花树下拍照，美得让人不可置信。他看呆了，以为是仙女下凡，后来同伴将他惊醒，于是他偷偷拍了一张照片存在他的手机里，那张照片现在还存在那里，他每天都会看一眼。

山矾看到他手里拿着自己的东西，也看到他的眼睛朝着自己看，她以为他会主动将策划案还给她，可是他一直没有说话。无奈，她先开口："那个东西是我的。"

他这才回过神，赶忙将东西递给她，他问她那个婚礼他可不可以参加？她说参加者必须是习俗爱好者，就算不是也要对大寒的赶婚习俗有足够的了解。

他问山矾现在开始了解晚不晚？她说不晚。他留了她的电话，待他将赶婚习俗充分了解之后，又打电话向她报名，她问他是作为观众参加还是作为当事人参加，他说当事人。可当她问起新娘的情况时，他却说他没有女朋友。

山矾告诉他没有女朋友不能作为当事人参加，他说他就是想作为当事人参加。她向他解释，他非但不听还反过来问她："你想不想作为当事人参加？"

她说那是一场特别美丽的婚礼，她很想作为当事人参加，只可惜她同他一样，还未找到另一半。

他笑了，对她说："既然我们都没有另一半，不如我们就做彼此的另一半吧！”

他这个表白很突然，山矾自然是拒绝。不过后来她还是做了他的新娘，在赶婚的习俗婚礼上站在了他的身边，让彼此成了婚礼的当事人也成了对方的当事人。

对我来说，山矾的故事已经很甜，而她告诉我她们的故事更甜。我感谢自己误入这片深山，遇到这个叫山矾的姑娘和那一朵朵载着幸福的山矾花，我也感谢山矾，让我邂逅一个甜蜜的大寒和别样的赶婚。

泉水叮咚

泉水叮咚，芝麻秸咯吱响，
一声挨着一声，声声清脆，
声声可人，真好！

她已经许久没有见过芝麻秸了，对它的印象还停留在很小的时候。每逢大寒，她的母亲都会抱一些芝麻秸给她踩，她在上面跳来跳去，脚下发出咯吱咯吱的响声，她随着节奏一边咯咯地笑，一边唤道“泉水叮咚……”

那一年，许是她长大了，跑去问母亲：“踩芝麻秸的声音明明和泉水的声音一点也不一样，为什么要在那个时候唤‘泉水叮咚’？”

　　母亲告诉她本来就没有什么泉水叮咚，大寒这天踩芝麻秸是一种有"岁岁平安"之寓意的习俗，这个习俗叫踩岁。可刚教她那会儿，她的话还说不清楚，无论怎样教，她总是一边踩一边嚷道"泉水……"她父亲笑得不行，顺着她的"泉水"在后面加了"叮咚"两个字，没想到这两个字她倒是一学就会，于是好好的踩岁到了她那里就变为"泉水叮咚"了。

　　打她记事起，家里就没有父亲这个人，家里人也从来不会提起父亲，她也是从邻居的谈论中才知道父亲已经不在人世。这是她第一次听母亲提起父亲。她看到母亲的眼里强忍着泪水，她打消了继续问父亲的念头，想象着父亲的笑，以及父亲教她说话还有她学父亲说话的画面。

　　那个画面格外美好，让她喜欢上了大寒，也喜欢上了踩岁习俗，不过她仍旧不叫它踩岁，而叫它泉水叮咚，在她心里那是她和父亲共同起的名字。

　　此时，看着眼前的芝麻秸，那画面又浮现在眼前。岁月无情，如今母亲也被病魔夺去了生命，她有时候会想，如果父母能像习俗一样，永远都不会消失该多好。

　　她年年踩岁，如果没有芝麻秸，就拿别的可以发出声响的东西代替，母亲还曾经因此而笑话过她，说踩岁是小孩子踩的。她不语，只咯咯轻笑，却在心里对母亲说她不想长大，因为她不想母亲老去。

　　想着想着以前的事情，泪水就不知不觉流了下来，她告诉自己这次出来是寻找宁静之地来舒缓心境的，不该流泪伤心。她跑到芝麻秸上像小时候一样蹬蹬踩着，嘴里说着"泉水叮咚……"她越踩越有劲，声音也越来越大。

她整个人完全陷入了踩岁的回忆中，以至于他站在那里看了许久，她也没有发现。

这是他已经二十年未曾回过的老家，这两天趁着有空，特意回来看一看。他本来还在感叹物是人非，却被她所吸引，他从来没有见过谁玩芝麻秸玩得那样投入，那样开心。

他越看越好奇，最后竟然被她感染，也跳到了芝麻秸上蹦了起来。芝麻秸被他踩得咯吱咯吱响，他的心突然开阔起来，他对她喊："怪不得你踩得这样起劲，果然挺好玩的。"

她停了下来，看着他踩，这才发现原来大人踩岁确实挺滑稽的，她问他怎么不喊"泉水叮咚"，他反问她为什么要喊"泉水叮咚"。

她将"泉水叮咚"的来源告诉了他，而原本已被遗忘的伤痛也重新裂开了口子，眼泪在眼眶中打转。

他安慰她别哭，他说将来一定会有一个人给她一个家，那个家如同父母健在一样温暖。不知为什么，他在说这句话的时候，有一种强烈的责任感涌上心头，他想：也许在那一刻他就已经想要做那个给她家的人了，所以后来他才会那样在意她、照顾她，每年大寒，还会四处找芝麻秸给她送去，陪她一起踩岁。

她告诉我，她可能也是在他说那句话的时候就已经认定了他，所以才不会拒绝他的在意、他的照顾、他的芝麻秸，还有他的陪伴。

所以，他们在一起很自然，用他们的话说那是命中注定。

如今，他们有了属于他们的爱情结晶，孩子和她小时候很像。那年大寒，他们带孩子回老家去踩芝麻秸的时候，她也说不清楚"踩岁"，总是"泉水、泉水"地叫着。

他抚摸孩子的头，说她说得棒极了，"泉水叮咚"，孩子跟着他说"泉水叮咚"，芝麻秸咯吱咯吱响，她咯咯笑，嘴里念着"泉水叮咚"……

她看着眼前的画面，想着曾经的自己也是被父母这样扶着，孩提时代没能记住的幸福，现在她真真切切地体会且记住了。她满怀感恩，感恩父母让她认识大寒；感恩大寒，让她认识踩岁；感恩踩岁，让她认识他；感恩他，让她拥有幸福……她想她这辈子永远也不会忘记踩岁，就像永远不会忘记父母一样。

小孩子总是更容易被人偏爱，越是可爱越是如此，她稚嫩的声音吸引了我，我看着他们一家人大手拉小手，一起在芝麻秸上踩，有趣极了。

听着她一声一声的"泉水叮咚"，对踩岁有所了解的我问他们那是不是大寒的踩岁，他们说那是大寒的踩岁，也是他们的"泉水叮咚"。

泉水叮咚，芝麻秸咯吱咯吱响，一声挨着一声，声声清脆，声声可人，真好！